FÉMINAS

FÉMINAS

Antología de infidelidades y mentiras escrita por mujeres

Fernando Olszanski

Editor

ARS
COMMUNIS
EDITORIAL

ISBN 13 9781735029214
Library of Congress Control Number: 2021931104
Copyright © 2021 Todas las autoras
Copyright © 2021 Ars Communis Editorial

www.arscommun.com

Foto de portada: www.shutterstock.com
Diseño general: Franky Piña

ARS
COMMUNIS
COLECCIÓN RIOLAGO

Ars Communis es miembro de la alianza #LitLat

Índice

Marina Ethel Carvalho Rodrigues

Nació el 16 de agosto de 1977 en La Plata, Buenos Aires, Argentina. Terminó sus estudios secundarios en el año 1995 en la escuela secundaria Nuestra Señora del Sagrado Corazón, Florencio Varela, Bs As, Argentina. Actualmente vive en Springfield, Virginia, Estados Unidos.

Comenzó a escribir desde la infancia de manera autodidacta. Desde el año 2008 hasta la actualidad ha participado de diversos talleres literarios tanto en modalidad presencial como en línea.

En el año 2015 publicó su primer libro de poemas: *Renacer poético. Desahogos del alma.* En el año 2019 publicó su libro de cuentos cortos realistas: *Secuelas,* ganador del premio International Latino Book Award, en la categoría de recopilación de cuentos cortos. En el año 2020 publicó *Superkrystal,* que es un cuento corto ilustrado, infantil que explica en simples palabras lo que es el autismo.

Actualmente es miembro del círculo de escritores Letras Vivas DMV, correctora ortotipográfica, traductora de inglés al español.

EL BESO

—Vamos al baño —indicó Paola modulando las palabras de manera exagerada y sin emitir sonido para que su amiga desde el otro lado del salón la acompañe.

—¿Qué? —preguntó Camila intrigada mientras la otra revisaba todos los cubículos. Cuando se aseguró que no había nadie, relajó los hombros y echó el aire afuera como si estuviese desinflándose.

—Jorge me besó.

—¡Ay nena! ¿No ves que está borracho?

—Ya sé, Cami, pero igual.

—Boluda, no te hagas la cabeza. Él es así. No le des bola.

—No soy boluda, no está bien.

—Bueno, a mí, el otro día me rozó la teta y no hago escándalo. ¿Qué vas a hacer? Ir a chusmearle a la mujer para que se pudra todo. Es viejo y está borracho. Alejate y listo.

—Es un viejo verde baboso y sádico —interrumpió Graciela al entrar de golpe mientras caminaba hacia el espejo para retocarse el labial—. Chama, si quieres hablar con la mujer, yo voy contigo.

—Ustedes están locas. ¿Qué quieren lograr?

—Esa pregunta habría que hacérsela a él ¿no te parece? —replicó Graciela.

—Sí, qué sé yo, fue asqueroso. Casi me mete la lengua.

—¿Querés denunciarlo? —quiso saber Camila—. ¡Es mi jefe y de tu marido!

—Y del mío, si se hunde nos hundimos todos en el mismo barco —aclaró Graciela.

—No sé, chicas, ahora solo me gustaría ir a casa pero la fiesta recién empieza y no quiero hacerlo quedar mal a Dante. Además, los chicos hace mucho que no se ven y me da pena separarlos así.

—Es verdad, este año se vieron muy pocas veces. Martín me preguntaba el otro día por Lali y Adrián.

—¡Están tan grandes! —exclamaron al unísono.

—Bueno, hacemos como en el bachillerato —concluyó Graciela con gesto de complicidad. Luego se fueron con el resto de los invitados.

Las mesas circulares distribuidas por todo el salón llevaban un mantel de satén beige con un centro de mesa de flores del que surgía un número cincuenta. La pista de baile estaba llena de niños jugando. El disc-jockey felicitó a los homenajeados al tiempo que Julián tomó a Camila de la cintura y le dijo románticamente.

—Mirá cuando nosotros cumplamos cincuenta años de casados.

—Espero que para entonces no seas como él.

—No creo, yo voy a ser más panzón –respondió él

para hacerlas reír un rato ya que había entendido perfectamente lo que insinuó sobre su jefe.

La música encendió el alma dormida del lugar y hasta el más pequeño bailaba. Las horas fueron pasando entre copas de vino, selfies, conversaciones y comida de lujo en un ambiente sumamente familiar. Mientras ellas tres charlaban en la mesa número cuatro, que se les había asignado desde el principio, comenzó a sonar la bachata. Jorge tras un intento fallido de sacar a bailar a su mujer se acercó a la mesa donde estaba Ivana y la tomó de la mano. Paola observaba detenidamente la escena.

—Cómo no pudo conmigo ahora la agarra a ella.

—Bueno, hay que ver si realmente le resulta molesto —indicó en tono insinuante Camila.

—¿Qué quieres decir?

— Nada. Cosas que se ven en la oficina.

—No sé, fijate como están bailando.

—¿Cómo?

—Mirá como ella separa la parte superior de la espalda tirándose hacia atrás todo lo que puede. Si estás cómoda tu cuerpo está inclinado hacia adelante. Y la mano de él no está solo sujetándola. Fijate como la agarra casi de la muñeca. Y ella tiene una sonrisa muy tiesa.

—Bueno, ya sabemos qué hacer —propuso Graciela y se levantó de la mesa con la copa en la mano. Las otras dos la siguieron mientras bailaban al ritmo de la música. Sigilosamente fueron acercándose a la pareja.

Cuando estuvieron a su lado, Pao fingió tropezar y en un santiamén Ivana estaba bañada en vino blanco. Tenían tan estudiada la estrategia que nadie se percató, ni siquiera sus propios esposos que miraban avergonzados.

—¡Lo siento, Ivana! ¡Lo siento! ¡No te vi! —se disculpó Pao mientras las otras dos simulaban que la querían ayudar a limpiarse. Ivana chasqueó la lengua y se fue al baño de damas a tratar de resolver el desastre, seguida por las otras tres que intentaban tranquilizarla. Graciela aprovechó que pasaba por al lado de su silla y tomó el tapado de paño. Cuando entró al baño se lo entregó a Ivana y le indicó que se sacara el vestido para que lo arreglen mientras ella podría usar su abrigo. Paola fue a buscar a su bolso el quitamanchas que lleva en la cartera desde que fue madre, y al regreso procedió a limpiar para luego poner a secar en el secador automático de manos. Ivana seguía enojada, se paró sobre el lavamanos y abrió la ventana, prendió un cigarrillo y comenzó a fumar.

—Es un vestido barato wey, me da igual. Vero va a estar feliz porque lo odia.

—Ya se está secando —susurró Pao.

—No hay bronca, tu tranquila, no pasa nada —el humo del cigarrillo se esparcía en las moléculas de incómodo silencio.

—Chama, ¿cómo va lo de la adopción? —indagó Graciela y la cara de Ivana se transformó en otra.

—Si todo sale bien, en un mes seremos mamás. Ya

tenemos todo listo.

—Tengo una niñera genial —recomendó Camila.

—No, nosotras no necesitaremos una nana. Voy a ser mamá de tiempo completo.

—¿Y tu carrera?

—Si me quedo en esta chamba, sí que va a ser el fin de mi carrera. Bueno, chicas, voy a usar lo del vestido de excusa para irme a casa. Gracias Pao —las tres se la quedaron mirando confundidas.

—¿Gracias por qué?

—Vamos, lo hiciste adrede.

—Te juro que fue sin querer.

—¡Shh! ¿Crees que nací ayer? Ustedes me ayudaron. Ya saben, hay imbéciles que ven un poco de porno lésbica y se proyectan. Besos —dicho esto se fue sin dejarles ni si quiera preguntar.

—¡La puta madre! Y yo quejándome por un beso nomás. ¿Se imaginan lo que es trabajar para ese tipo?

—Yo trabajo para él, les juro que cuando la veía entrar a la oficina, nunca pensé que ella pudiera estar viviendo algo así. Esto es muy fuerte.

—¿Vieron? Yo tenía razón, algo pasaba. ¿Y ahora que hacemos?

—No te queda de otra, habla con la esposa —propuso Graciela.

—Sí, pero hoy no, que tenga la fiesta en paz —pidió Camila.

—No sé chicas, tiene ochenta años. ¿Y si le da un infarto? —se preocupó Paola.

—Tarde o temprano se enterará, así que hablemos con ella, la pobre señora no se merece esto —reflexionó Graciela.

—Bueno, mañana te acompañamos —agregó Cami.

—Nada. ¡Que se arme el peo! —exclamó Graciela y dejaron que fluya la reunión hasta el final. Se despidieron con un plan en mente.

Eran las tres de la mañana cuando Paola se despertó por el sonido del teléfono vibrando. Prendió la luz y miró la pantalla. Fue cuando se dio cuenta que no era el suyo.

—Dante, despertate, es para vos, te llaman —explicó mientras le sacudía a su esposo del brazo. Este apenas espabilándose desbloqueó la pantalla para sentarse de inmediato en la cama.

—¿Qué pasa? —preguntó preocupada al ver su reacción. Pero él seguía leyendo la pantalla con preocupación.

—¿Pasó algo? —siguió ignorándola, se levantó de la cama y procedió a vestirse a los apurones.

—¿Dante?

—Es Camila, Julián la dejó en la calle. Voy a buscarla —Paola volvió a revisar su teléfono para comprobar que a ella no le había llegado ningún mensaje al respecto.

—¿Pero qué decís?

—Que la dejó en la calle, está nevando. No la voy a dejar ahí tirada —Paola la llamó de inmediato pero no había respuesta. Él seguía leyendo la pantalla.

—Pero que vaya a un hotel. Está en Baltimore, hasta que llegás ahí se congela. No entiendo porqué no me contesta. ¿Por qué te habla a vos?

—Porque es mi amante desde hace tres años. Julián leyó nuestros correos y se pudrió todo.

—¿Qué? —los ojos de Paola iban de su celular al de su marido. De los ojos de él a la mochila que estaba llenando con ropa. Comenzó a calcular las ausencias, los viajes de negocios de la firma. Las noches que estuvo sola. Abrió la ventana y empezó a tirar las cosas de él a la calle de manera compulsiva. Forcejearon por un pantalón de jeans entre insultos.

—¡Basta! —gritó él.

—¿Basta o qué? ¿Qué me vas a hacer?

—Basta o paro los trámites de tu residencia, todavía está en manos de Camila. ¡Freno todo!

—¡Qué me importa! Yo me vuelvo a Argentina con los chicos.

—¿Qué juez te va a dar los chicos a vos? Si no tenés nada, ni trabajo tenés —soltó el jean y cerró la ventana.

Lo vio irse mientras se cuestionaba veinticuatro años de su vida como ama de casa.

Apagó la luz y se recostó intentando conciliar el sueño mientras las ultimas palabras qué él le dijo cobraban vida propia multiplicándose en una mutación infinta: "No tenés nada" . "No tenés trabajo". "No tenés carrera". "No tenés plata". "No tenés auto". "No tenés casa". "No tenés experiencia laboral". "No tenés papeles". "Ni siquiera amiga tenés". "No tenés nada".

Alma Cervantes

Ciudadana del mundo. Estudió psicología en la Universidad Autónoma de San Luis Potosí, México. Es provocadora textual. Ha participado en una veintena de antologías poéticas (España, Colombia, Perú, México, Chile, Canadá, Libia y Estados Unidos) Escribe para plataformas digitales en España, México, Colombia y Estados Unidos. Es Directora y coordinadora en Estados Unidos de Abigarrados, Revista literaria.

Conduce el segmento Germinando con La Cervantes en Radio Germinal. Es autora del blog de poesía La Cervantes. Es madre, esposa, amante de las letras y gestora literaria. Es autora de varios poemarios: Pulsaciones (2019), Las piernas de Lilia Prado (2018) Palabras verdes (Saltapatrás Editorial 2020) entre otros. Actualmente coordina en su totalidad el libro de los Escritores en el exilio. (Saltapatrás editorial 2021)

LA TUERTA

Si llegas temprano, los miércoles, al Crispy Taco, puedes agarrar el especial de paga uno y llévate dos. Yo, cada miércoles, llegaba temprano. La señora Cooper dejaba que saliera solo los miércoles antes de la hora habitual para almorzar. Después de quince años trabajando para ella, logró apreciar mi disciplina por ahorrar cada dólar que ganaba, el modo cómo, cada domingo, buscaba en los periódicos cupones de descuento, siempre tras esos *"specials sales"*. Supongo que mis carencias desde que nací marcaron hondo en el modo que atesoraba mis ahorros, porque siempre el hambre, los zapatos empolvados con los dedos de fuera y la pena como una dura penitencia: no por pobre, pero sí por ser "La tuerta".

Aún me recorre un frío por la espalda al recordar la cara de horror cuando a mi hermano Macario se le disparó accidentalmente el rifle con el que espantaba a los ladrones de plantíos, y el tiro fue a dar justo en mi ojo izquierdo.

—¡En mala hora fuiste a pararte enfrente, Rosita! —decía mi madre acongojada. En mala hora, muy

cierto, ni para qué quejarme, un puro agujero quedó
ahí.

Hasta que, a mis quince años, después de vivir en
carne viva las malas caras y las burlas en el pueblo, por
obra y gracia de los misioneros evangélicos que llegaron, dejé ese pedazo de tierra y a mi familia; dejé México y vine a vivir a este país. Aquí mis patrones pagaron
por una prótesis, un ojo nuevo, hecho a mi medida,
casi idéntico a mi ojo real, aunque inexpresivo, artificial y un poco lento. Una vida nueva, un ojo nuevo que
fui pagando en pequeños pagos, porque aquí nada es
gratis, ¡nada!

Pero el daño ya estaba hecho. El estigma me seguía;
incluso, en mis sueños, soñaba que había extraviado la
prótesis y que en la escuela comunitaria donde mis patrones me inscribieron para aprender inglés, mis com-
pañeros me miraban horrorizados por lo grotesco del
agujero vacío en el ojo y las burlas, seguidas de los gritos: ¡Ahí está la tuerta! ¡El ojo no era real, está tuerta!
Y despertaba con el ruido de las carcajadas tan reales.

Así los años, observando de reojo la vida pulcra y
mesurada de mis patrones y sus hijas, el amor de los demás era un vértigo, un miedo, una realidad impensable
para alguien como yo, pero... ¿Y si, sí? ¿Y si algún día,
alguien se fija en mí? Pero... Los hombres pasaban de
largo, sin verme; y siempre bajaba la mirada, haciendo
castillos en el aire con las canciones de amor en la radio; imaginando, cada mañana, que quizá ese día había
llegado para mí.

Ese miércoles, como todos los miércoles, llegué al Crispy Taco y pedí, como siempre, el *"burrito plate special"*, me senté donde siempre: en la butaca del fondo, sorbía del gran vaso de té frío, cuando alguien se acercó y preguntó: ¿Puedo sentarme? ¿estás sola?

Era un tipo joven, de tez blanca, de complexión atlética y hermosa sonrisa.

—¡Claro! Dije apartando mi bolso a un lado. El se sentó sin desviar la mirada de mi rostro, que yo trataba de esconder con el enorme vaso de té mientras bebía. Nadie había, nunca, buscado mi cara de ese modo, hasta ese día.

—Hola, me llamo Javier. Ya no alcancé mesa y no quiero almorzar en mi carro, ¡hace un calor infernal! Y el aire acondicionado no funciona ¿Cómo te llamas?

¿Que cómo me llamo? ¡Este chico habla mucho! —pensé, la señora Cooper siempre me decía que no hablara con desconocidos, ¡y menos si son hombres! Te usarán, querrán solo llevarte a la cama y *bye bye"*, nunca des información tuya, ten cuidado Rosita, aquí las cosas no son como en tu pueblo".

—Rosa, dije apenada

—*Nice name,* Rosa y Javier, dijo masticando su burrito entre risotadas contagiosas.

Rosa y Javier, ¡sí! ¿Por qué no? pensé, y ahí estaba yo, haciendo castillos en el aire otra vez, hasta que Javier interrumpió.

—Pues bueno, Rosita, ahí te veo el próximo miércoles, por aquí pasaré, gracias por compartir con este pobre mortal —y se fue, me quedé ahí sentada, viendo cómo mi castillo en el aire se iba apurado en un viejo carro.

Al siguiente miércoles lo esperé casi una hora, mi *burrito plate* se enfrió, los hielos en el té se derritieron y la gente se fue yendo, de a poco, a laborar, yo también.

Ya había perdido las esperanzas cuando, después de tres miércoles, Javier llegó al Crispy Taco. Emocionada, le agité la mano en señal de, ¡Hola, aquí estoy! Javier apenas si me reconoció.

—Hola mi amiga penosa ¿Cuál era tu exótico nombre?

—Rosa —dije entre risas, apenada; debí haberle dicho que me llamaba diferente, pensé.

Ahí fue cuando él se percató de mi ojo, la lentitud en los movimientos a veces me delataba, él miró por un momento y dijo: "¿Qué tenemos ahí? no es real ¿verdad?" Lo dijo mientras miraba insistente hacia mi ojo, yo tímidamente bajé la mirada y dije: "¿De qué hablas? ¡Claro que es real!" Y él se soltó a reír con la boca llena de comida; yo también reí, no sé por qué, pero reí, y reí más, cuando comenzó a acariciar con sus dedos mi dedo meñique; hasta que dijo "¿Podrías sacarlo para tocarlo y ver qué hay ahí dentro?" Mi sonrisa se desdibujó y me levanté de la mesa; este tipo me estaba pidiendo que me enfrentara a ese mundo oscuro del que siempre había huido.

—¡Claro que no! ¿Estás loco? —le dije con cierta indignación, salí de ahí rápidamente y él me siguió.

—Rosita, disculpa, no pensé que fuera tema prohibido, ¡vamos mujer!

¿Tema prohibido? Es mi vergüenza, mi dolor, la furia de Dios sobre mí, es todo el dolor y la soledad por ser *La Tuerta* ¡Claro que es tema prohibido; pensé, pero no dije nada, caminé apurada hasta el estacionamiento con Javier detrás, hasta que me di la vuelta y le dije

—Javier hay cosas difíciles e imposibles de hacer para mí, una de ellas es lo que me has pedido —y lo dije con tanta seriedad que él dejó de reír, después, yo reí y él también, mientras él jugueteaba con mis manos.

Ese fue el comienzo de una relación tan extraña entre Javier de 23 años y yo con mis 31 primaveras; poco a poco nos aproximamos hasta quemarnos, mi virginidad fue a dar a su experiencia en esos menesteres y, paulatinamente, me fui dando cuenta que Javier no tenía buena suerte en los trabajos, por lo que en algunos lapsos de generosidad mía le ayudé con algo de dinero para pagar su alquiler que compartía con un par de amigos.

Él lo valía, mis días se tornaron llenos de excitación y suspiros, atrás habían quedado los días de soledad y pena, mis patrones veían en mí, extrañados, cierto cambio. Nuestros encuentros en hoteles eran un mundo lejos de este mundo indiferente e hiriente, hasta que él, en los momentos de más intimidad, me rogaba que sacara de mi ojo la prótesis para que él la viera, quería conocer esa hendidura donde habitaban la palabra *"tuerta"* donde mis días eran el zumbido de una bala incrustada en mi ojo; la vergüenza agazapada en el hueco taponado con esa prótesis. Claro que no lo haría. ¡Jamás! Y, después sus besos, sus manos adiestradas, sanando el dolor de vivir tan lejos de lo que un día fue mi hogar, pero ahora, él podría ser mi hogar, mi todo.

Así, avanzaron los días envueltos en un vaivén de palabras y deberes, por fin la vida en este país comenzaba a tener sentido para mí.

Hasta que una tarde, entre el fragor de sus caricias se le escapó llamarme 'flaquita'. ¿Flaquita? Pensé, ¡pero si yo no estoy flaca! El modo cómo lo dijo y después corrigió diciendo mi nombre, tintineó en mi mente de allí en adelante.

Dicen que "el que busca, encuentra". Ese incidente me alertó: lo olía, le revisaba la ropa, las yemas de los dedos, olía su pene tratando de buscar un aroma ajeno a mí, pero nada, solo esa palabra entrecortada, "flaquita..." No sé si sea cosa del diablo o de Dios, pero una tarde, después de almorzar juntos en el Crispy Taco, él salió apresurado hacia una entrevista de trabajo olvidando, sobre la mesa, su celular. Observé por un minuto el aparato y dije: "¡Veamos qué hay aquí!"

Las tardes de Otoño de este lado de los Estados Unidos son de encanto, desentonan con la insensibilidad de la gente, con el dolor y la tragedia diaria; de pronto recordé una canción que escuchaba cuando era niña,

"Él me mintió,
él me dijo que me amaba

y no era verdad.
Él me mintió,
no me amaba,
nunca me amó,
él dejó que lo adorara..."

En su celular, alcancé a ver una foto de él, junto a una mujer con las manos de ambos entrelazadas y dos niñas, parecían una familia, una hermosa familia, una esposa delgada y dos hermosas hijas. Y él, con esa bella sonrisa que yo tanto amaba, sus manos diestras en caricias, esa cercanía entre ellos, hombro con hombro, una mujer rubia, muy joven, al parecer gringa y un par de hijas. Y yo como estúpida, creyendo cada palabra de amor y promesas, comprándole ropa y poniéndole billetes enrollados en sus bolsillos a la hora de pagar el hotel y los almuerzos a ese hombre, sintiendo que mi ojo artificial se diluía hasta hacerse de lágrimas tan saladas y amargas, *"el amor duele"* dicen las canciones de amor, y sí, vaya que dolía.

Esa tarde habíamos quedado de vernos en el hotel de siempre; cuando llegó, él ya sospechaba, así que solo me pidió su celular y antes de irse dijo —No lo tomes así Rosy. Yo, de verdad te quiero, esa relación con ella ya fue, créeme.

¿Ya fue? Pensé. ¿Y todos esos mensajes de amor y cosas que se dicen los matrimonios? Todas esas fotos juntos, comiendo, abrazados, riendo ¡cosas de familia! No lloré frente a él, no quise despertar su lástima, lo único que pude decir fue: "Vete con tu mujer y tus hijas, nada tienes que hacer aquí".

—Rosa, dijo, solo quiero pedirte un último favor, por los buenos momentos que pasamos juntos.

—¿Qué quieres? Dije con la voz entrecortada.

—Saca tu prótesis, déjame verte como realmente eres, quiero llevarme ese placer, de ser el único en este país de verte toda.

¡Dios santo! ¿Cómo cree que voy hacer eso? ¡No! ¡Ni loca! ¡Definitivamente!

Contrario a mi pensamiento, no sé qué demonios se apoderó de mí, lo miré de frente mientras sacaba mi ojo artificial; él sonreía de gozo, mientras extendía la mano para sostenerlo, yo me tapaba la abertura, pero él, tiernamente, retiró las manos de mi rostro para ver lo que había ahí dentro.

—¿Qué hay dentro? pregunté.

—¡Nada! —soltó una carcajada mientras jugaba con la prótesis entre sus dedos. Poco a poco se fue acercando hacia la puerta y salió rápidamente, llevándose mi prótesis.

Yo no entendía lo que pasaba, ni el porqué de su actitud enferma; me apresuré hacia afuera, él había desaparecido llevándose mi ojo. Por un momento pensé que era una broma, que en cualquier momento regresaría, que solo trataba de castigarme por haberlo descubierto, pero no.

Apresurada, salí tapando la oquedad de mi ojo con la mano. Sentía que mis pies se enredaban. Tropezando entre ellos, fui hasta la recepción donde, un hombre tras el mostrador, me miró sorprendido y pregunto:

"¿Puedo ayudarla? ¿Todo bien?

¡No, no puedes ayudarme! Me acaban de robar, pensé, me acaban de disparar otra vez, esta vez fueron dos tiros, uno en mi ojo vacío y otro en el corazón, ni tú ni nadie me pueden ayudar, pensaba mientras tragaba saliva amarga, espesa-, tomé fuerzas y le pregunté, cubriendo el ojo: "¿Vio salir a un hombre de camisa a rayas, un hombre blanco, alto? Salió rápidamente, ¿lo vio salir?

A lo que el tipo, empuñando el teléfono en el escritorio, dijo: "Sí, vi que se subió apresurado a un carro gris, iba solo ¿Qué te hizo? ¿Quieres que llame a la policía? ¿Te golpeó? ¿Estás bien?"

Yo sentía que se hundía el piso bajo mis pies, me cubrí el ojo con el cabello y con mi mano y, entre sollozos, solo le contesté: "No, gracias. Todo está bien".

Salí a la calle, vi cómo esa larga avenida se hacia más larga que de costumbre. Él no regresaría, di media vuelta al cuarto de hotel; llena de vergüenza y de rabia. ¿Por qué, por qué, por qué? No paraba de preguntar. Me senté a llorar, viviendo la parte más oscura y enferma del amor, sentí que mi vida se iba detrás de Javier, me sentí desnuda. El vacío en mi ojo izquierdo se dilataba hasta dejar al descubierto mi corazón destrozado, recordando las palabras de las señora Cooper: "Acá las cosas no son como en tu pueblo, Rosita".

María del Pilar Clemente Briones

Nació en Santiago, Chile. Es periodista y Máster en Comunicación Política de la Universidad de Chile. Trabajó en el diario "El Mercurio" de Santiago, la radio "Estrella del Mar" en el archipiélago de Chiloé, en el diario "Atacama". En 1994 ganó el certamen "La Mujer Cuenta Historias de Familia" y recibió el galardón a la mejor periodista de Atacama, además del Premio Oxígeno, reconocimiento de la Universidad de Santiago a los reporteros destacados en el Medio Ambiente.

En 1997 obtuvo el premio nacional "Marcela Paz" de literatura juvenil con su novela "Personal Estéreo y los Gusano Star". La editorial Norma publicó su novela "Tropas urbanas" en el 2007 y la Editorial Graphos, el ensayo sociocostumbrista "De roteques, cuicos y otros modelitos", escrito junto a María Angélica Ossa. En el 2018 publicó "No te Olvides del James River, relatos inmigrantes", sobre hispanos en Virginia.

Fue profesora de redacción creativa en la Universidad de Chile y desde el 2008 reside en Richmond, Virginia. Ha publicado artículos en el "Richmond Times Dispatch" y mantiene una columna en la revista digital "Sitiocero". Varios de sus cuentos han sido publicados en antologías de autores hispanos en los Estados Unidos.

LA MUJER DEL BOLSO VERDE

Meredith descendió del bus escolar en la esquina de Franklin street. Pese a la llovizna, el barrio Shockoe Bottom bullía de actividad. La niña abrió su paraguas y apuró el paso hacia un callejón. Allí se encontraba un viejo edificio de cuatro pisos donde su familia vivía desde hacía dos años. Quedaba en la puerta trasera del Club Havana 59. Había sido una famosa salsoteca de Richmond hasta que los nuevos gustos del público sellaron el destino de las orquestas en vivo. Sus padres fueron el pianista y la cantante de "Los Candelas del Caribe", banda que se disolvió ante la incertidumbre y las peleas, que comenzaron con el reemplazo de Yamilet, su madre. El choque entre la orgullosa Yamilet y la seductora Ana Rosa, la nueva voz femenina, fue peor que la falta de dinero.

La chica se alegró al ver vacíos los contenedores. El camión recolector de basura solía tardar en ingresar por aquel estrecho rincón. Durante los meses de calor, los empleados del local limpiaban la callejuela con mangueras para evitar los malos olores, las moscas y las multas. Durante el invierno, como ahora, se ahorraban el trabajo, por lo que los inquilinos se cruzaban fácilmente con alguna rata obesa. Gritaban de terror, pero nadie reclamaba. El dueño de la propiedad era el mismo cubano del Club y todos temían que las quejas se tradujeran en la rápida venta y demolición del edificio. Tarde o temprano ocurriría, pues el barrio estaba subiendo de categoría y el cubano iba a necesitar *cash* para sacar adelante su alicaído negocio.

Aliviada ante la ausencia de roedores, Meredith subió por las escaleras e ingresó al departamento. Wolf salió a recibirla meneando la cola. Era un perro mestizo de pelo ralo que Yamilet había recogido en la calle los días previos a su última partida rumbo al salón de Ingrid. La niña le tenía cariño a Ingrid. Era la peluquera y confidente de su madre. Varias veces había sido su *baby sitter* y era muy divertida para narrar historias. Vivía en el mismo *beauty* salón, por lo que no había espacio para ella y el perro. Su madre le había prometido ir por ellos apenas encontrara empleo y tramitara los papeles del divorcio. Meredith conocía a su mamá y no confiaba del todo en sus palabras. Entre el estallido matrimonial y el desplome de la banda, sus padres ya llevaban más de tres años vacilando en trabajos ocasionales, seguros de cesantía, ayudas del cubano, amenazas de divorcio y fogosas reconciliaciones. La última batalla había comenzado por el afán de Yamilet en alimentar a los *homeless,* humanos y animales, que deambulaban por Richmond. Esta súbita generosidad le brotó cuando recién había logrado estabilizarse como cajera de un restaurante. Allí, asumió la costumbre de llenar su infinito bolso verde con sobras de la cocina. Salía al final del turno, a las diez de la noche, a repartirlas entre los mendigos. Óscar se enteró al encontrarla más tiempo en la casa. Ella tuvo que confesarle que había sido despedida. *¿De dónde has salido como Santa Teresa de Calcuta? ¡Se acabó!*

No se acabó. Su madre tomó una maleta y se fue donde Ingrid.

Meredith adoraba aquel bolso verde. De pequeña, le fascinaba ver las sorpresas que su progenitora sacaba de su fondo. Era como el sombrero de un mago, caramelos, herramientas, maquillaje, pastelitos, pañuelos, medicinas, cremas de manos, nueces, juguetes, revistas... ¡En fin! Su madre la mantenía en buenas condiciones limpiando el cuero con vaselina pura. Según decía, había sido el último regalo de su abuelita antes de salir de Cuba. Yamilet cantaba, era linda y en Miami conoció a los músicos de "Los Candelas del Caribe". Óscar, el pianista, la convenció de ser la voz femenina. Un gran futuro los esperaba en Richmond, Virginia.

Una tarde, su madre llegó con Wolf. Ante las preguntas de Óscar, ella explicó que Ingrid lo había encontrado y que el animal necesitaba un *for ever home*. Meredith supo que su mamá no decía la verdad, pero no le importó porque el animal era muy cariñoso. Su padre quiso discutir, pero Yamilet le quitó el fono y le mostró la cantidad de llamadas que él había compartido con Ana Rosa. Una vez más, su madre salió buscando asilo donde su peluquera. *¡No te atrevas a seguirme, cabezón. Ya sabes que eres el culpable de todo!* Antes de bajar por las escaleras, resonó el eco de su última amenaza: *¡Ay, si me entero que has hecho desaparecer a Wolf! ¡Podrás destrozar mi corazón, pero no el de la niña!*

Ausencia, presencia. Así era su querida madre. Meredith calentó en el microondas unas *nuggets* de pollo y deseó que su papá hubiese sido tan buen cocinero como músico. En ese instante, Óscar abrió la puerta y dejó sobre la mesa una caja que contenía una pizza caliente. Cuando tocaba piano en un evento traía pizza. El perro salió a recibirlo con exageradas muestras de cariño e impúdicos olfateos a la comida. Su papá le sirvió un par de porciones, *cherry-pineapple,* y se contactó con su esposa. La niña suspiró mientras comía. Era la misma cantinela de siempre. Solo cambiaban los matices de la voz: *¡No me des muela, mujer, que tú no tenías porqué ocultarme que andabas dando limosna en las calles ¿y tu hija qué?"* Luego, las acarameladas frases de amor: *"Tú sabes que estoy pa'todo contigo".* Después, el autoflagelante: *Ya sé que me porté como una banana refrita, pero te amo.*

Hasta los diez años, Meredith había vivido en la normalidad de hija única y padres músicos. Residían en un agradable departamento en el barrio Manchester, cerca de un parque y de locales comerciales. Entonces, sus padres actuaban todos los fines de semana en el Havana 59 y salían de gira a festivales de verano. Ingrid era la encargada de darle el *look* glamoroso a su mamá.

Yamilet poseía una colección de vestidos de fiesta que compraba en tiendas de segunda mano para remozarlos con aplicaciones de lentejuelas o volantes de tul; era buena para la costura. Así destacaba o simulaba sus curvas voluptuosas. A Meredith le gustaba espiar detrás del escenario la actuación de la orquesta. En los camarines se entretenía degustando los postres que le traían los camareros o pintándose los labios con el bermellón de su madre. Era un ambiente que contrastaba con la cotidianidad de la escuela. Se sentía protagonista de un mundo de fantasía, abierto a unos pocos. Esa placidez se acabó con la abrupta llegada de Ana Rosa, la nueva cantante.

Durante un ensayo, el dueño del Havana 59 llegó acompañado por una atractiva mulata de ojos verdes y un joven galán. Les explicó a "Los Candelas del Caribe" que el público pedía rostros frescos, de su misma edad. Esta sería la última chance para que los salseros no fuesen reemplazados por un moderno DJ. Les pidió bajar algunos kilos, teñirse el pelo (a los canosos) y actualizar el uniforme. Sin reparar en los petrificados rostros de los músicos, presentó a la mulata. Aunque no tenía muy buena voz, ella sería la nueva cantante. Por otro lado, su sobrino cumpliría el rol secundario de tocar la pandereta y 'perrear' en la pista con las clientas. Sin esperar comentarios, le entregó un delantal a Yamilet y la mandó a la cocina.

El drama se dejó sentir en el departamento. La rabia de Yamilet era constante. Deseaba renunciar, pero

Óscar se lo impedía. ¡No podían defraudar al cubano que les daba de comer! Meredith escuchaba a su madre escupir su ira contra su esposo, quien no solo había guardado silencio, sino que estaba ayudando a la mulata a emitir sonidos melodiosos. *¡Por vieja y gorda me sacó el cabrón! ¡Cucaracha del diablo! ¡Y tú ni te asomaste a defenderme! ¡Desgraciado! Ahora estás con esa perra haciéndole creer que canta. ¡Así son los hombres, hijita! ¡No te cases nunca!*

La tormenta estalló. Su madre entró un día al departamento con el rostro enrojecido y jadeando. *¡Al diablo con todo. Renuncié!,* le dijo a la niña mientras abría el baúl donde atesoraba sus fotos promocionales. Las rompió una a una, puso los trozos en una bolsa que arrojó a la basura. *¡Me voy donde Ingrid!* Para allá partió a buscarla su marido con un ramo de rosas rojas. Acción que se tornaría en una nueva rutina.

Las funciones bajaron y la renta quedó impaga. Sus padres se perseguían como fieras de circo. Cada ciclo se iniciaba con la partida de su madre. Además, su papá comenzó a llegar corriendo y se escondía en el baño o debajo de la cama. *Dile a Ana Rosa que me fui de viaje.* Sonaba el timbre y Meredith se topaba con la hermosa estampa de Ana Rosa. Sollozante, le preguntó por Óscar. La niña repetía la burda mentira. La mulata fingía creer y regresaba en horas inesperadas. A veces, su papá la llamaba desde algún bar para decirle que no podía salir y que se calentara la comida. Como si fuera poco, la niña hallaba tras la puerta a más de algún músico exigiendo que Óscar le devolviese dinero. Eran tiempos muy confusos para Meredith.

Sus padres se reconciliaron con rosas y champaña poco antes de mudarse al callejón. "Los Candelas del Caribe" dejaron de existir. El cubano, consciente de haber causado tanto desbarajuste, le ofreció a la pareja el piso en el callejón. No eran gran cosa, pero los ayudaría a salir adelante. Su madre encontró el empleo de cajera en el restaurante e inició sus obras nocturnas de caridad. Ana Rosa por fin se marchó de Richmond y Óscar trataba de reconstruir su vida. Ausencia y presencia, como siempre en alguna conversación telefónica entre Yamilet e Ingrid, la niña captó el nombre de Bob.

Recordó la historia que ella le había contado sobre Bob, el gringo. Se llamaba Robert, era alto, de ojos azules y largo cabello rubio. Al parecer, lo había conocido al llegar a Virginia. Según su madre, en ese entonces no tenía nada serio con Óscar. Ella conducía en busca de una dirección. Se detuvo al ver a Bob llenando de gasolina su motocicleta y le preguntó. Como era complicado de explicar, el rubio montó su caballo de hierro y le pidió que lo siguiera. Su madre visualizaba a Bob con chaquetas de cuero negro e insignias de Vietnam. Trabajaba en construcción, pero su pasión era rodar en libertad por los caminos. La aventura amorosa culminó cuando Óscar le pidió matrimonio en una pizzería cercana a la Main Station. Comían una de *cherry-pineapple,* sabor muy importante para la pequeña familia.

Dos meses más tarde, Yamilet regresó al callejón por propia voluntad, sin rosas de por medio. Venía peinada, maquillada, vestida de verde. Traía bolsas con mercadería fresca y ánimos renovados. Óscar y Meredith jugaban un video-game y la miraron sorprendidos. Acarició a Wolf, dejó las bolsas con comida sobre la mesa y se dirigió al dormitorio principal. La niña la siguió y la observó colgar su ropa en el clóset y sacar de su bolso una foto enmarcada. Lucía joven y hermosa en medio de un paisaje montañoso. *Me la tomó Bob en las Blue Mountains,* le explicó a Meredith. Luego, sacó una botella dorada y la puso al lado de la foto en su mesita de noche. La niña preguntó qué era y su madre le respondió: *Recuerdos inolvidables.* Su padre preparó la cena y los días fluyeron en armonía. No hubo más pizzas de emergencia ni caridad callejera. Pronto, sus progenitores se afirmaron en sus empleos y se mudaron a un barrio mejor.

Un año más tarde, cuando Meredith buscaba unas tijeras para su tarea escolar, encontró entre los cajones del *laundry* el recorte de un obituario. En la imagen se veía a un joven rubio de estilo setentero. El texto lo describía como Robert Paulsen, alias Bob. Mencionaba su infancia en Roanoke, Virginia, su paso por la guerra de Vietnam, su oficio de carpintero y su fallida batalla contra las drogas. En sus últimos años había sido un *homeless* y su lucha por sobrevivir se debía a una anónima samaritana. Cuando le ocurrió la sobredosis, su perro Wolf lo acompañó hasta que llegó ayuda. Junto al obituario se hallaba el recibo de una funeraria, donde se daba cuenta del pago de 600 dólares realizado por Yamilet Araya para recuperar las cenizas de un indigente no reclamado por familiares, cuyas iniciales eran R.P.

Meredith corrió al dormitorio de sus padres. Trémula, abrió la botella dorada. La sacudió levemente y un polvo oscuro cayó sobre la mesita. La niña limpió todo y decidió mantener su secreto. Era mejor respetar la habitación que compartían Oscar, Yamilet y Bob.

Erika Estefanía Doyle

Buenos Aires, Argentina, 1980, ha publicado su obra en varios medios y antologías tanto en inglés como en castellano. Es fundadora y directora de Café y literatura entre nosotros, una sociedad literaria-artística constituida por latinoamericanos radicados en la misma ciudad. Su relato corto «A la Nona», fue ganador del Certamen de Cuento *Cuéntale tu cuento a La Nota Latina*, 2016. Doyle, además de escritora es artista plástica y armonicista. Vivió en la ciudad de Chicago desde el año 2000 pero a mediados del 2020 se mudó a Indiana, EE.UU. Su página personal: http://www.erikaestefaniadoyle.com

AL DERECHO
Y AL REVÉS

Hacía una hora que había conciliado el sueño; la noche se había hecho desear. Juvenal entonces se vio sorprendido por una contracción en su pantorrilla derecha que lo hizo dar un sacudón en la cama. Tomó su gemelo con desesperación, intentó descargar su dolor con un grito que no pudo dar; apenas se consoló con una mueca. Fue un silencio suspendido en el aire, ni siquiera un quejido. Fue tal la descarga eléctrica en su pierna que se quedó estático durante unos minutos.

Su novia, Laura, que permanecía a su lado, prendió la lámpara de la mesita. Miró a Juvenal con los ojos completamente lagañosos. Quiso comprender su sufrimiento, pero ella también permaneció como una estatua a su lado mirándolo, a la espera de que la tensión culminara.

El dolor cesó y Juvenal cayó tendido otra vez sobre la almohada sin decir palabra. En sus músculos faciales se dibujó una sonrisa sardónica que de a poco se aflojaba, mostrando un rostro vencido y saturado ante tanta lucha.

Laura se levantó, miró el reloj de agujas gruesas que

estaba sobre la pared empapelada de rosas (muy *kitsch* para su gusto). Eran las seis. Fue hacia la cocina a preparar una taza de té de tilo con el propósito de calmar la ansiedad que en aquel cuarto se respiraba.

Se dirigió al baño, levantó la tapa del inodoro, se sentó y orinó como si fuese un sifón. Se sintió aliviada y su cuerpo se disolvió; sintió la elasticidad de sus piernas, rozó sus muslos, olfateó sus manos que olían a látex y sudor, fruto de las "danzas nocturnas" que cada vez eran más automáticas, como poner la púa en la misma línea del vinilo y sólo danzar con pasos tediosos y resignarse al final de la canción.

Tranquilamente, como de costumbre, entre medio dormida y despierta, sentada en el inodoro, pensando en qué le depararía la nueva jornada, oyó un silbido largo y estridente. Dejó la taza de un sobresalto, se subió sus calzones y corrió distraída hacia la cocina para sacar la pava del fuego.

Laura se encontraba aturdida. Esta ciudad, entre las bocinas, los timbres, la sirena de los bomberos, el ring del teléfono y el *beeper,* la tenía irritada. Por momentos quería meterse en un pequeño cubo y permanecer allí sin sentirse invadida por tantos ruidos.

Tomó la pava, colocó un saquito de té en cada taza y volteó al sentir una mirada que le traspasaba la médula. Era obvio, detrás de ella estaba Juvenal, siempre tan atento a cada movimiento que realizaba.

—No hace falta que uses dos saquitos de té para cada taza, con uno para los dos es justo y suficiente. Vos siempre con esa actitud; donde ves abundancia, ¡paf! La destrozas.

Laura, ya harta de esos comentarios, agregó sólo un silencio incondicional, que era lo que a él lo ponía como loco. Y ella lo notaba al verle la vena dilatada en el cuello.

Sin más que hacer, Laura cedió, y así pudo contemplar el rayito de sol desnutrido que se filtraba por uno de los cuatro vidrios de aquel sótano lúgubre y húmedo. La de hoy era una humedad nunca antes experimentada, una de esas que se meten en los talones y lastiman al pisar firme, una de esas que provocan la existencia de insectos con innumerables patas saliendo de las alfombras.

Juvenal ya no era el mismo. Había dejado de ser esa personita dulce, de sonrisa espontánea, que la acariciaba mirándola, hasta que ella se dormía desplomada entre sus libros, para luego apagar la lámpara de cada mesita y desprender juntos el cansancio que los cuerpos poseían por las noches.

A él también se lo veía estresado. El trabajo de *busboy,* a sus veintiséis años, lo frustraba. Juntar platos y tirar comida, era algo con lo que él no podía convivir. Su memoria lo torturaba con la imagen de su padre, que lo enviaba a vender lavandina y detergente a los vecinos por mil australes, que era con lo que conseguían el pan de cada mañana, un pan barato y duro.

Al margen de todo esto, también estaba Laura. Su imagen pasiva y sometida, que se abastecía con la venta de productos naturales, hechos con hierbas, que según decían eran curativos, aunque para ella, en su más profundo interior se tenía que confiar de estas mentiritas, no del todo piadosas, y convencer a cada nuevo cliente de que tomando cinco frascos con cien cápsulas cada uno podría olvidarse de la calvicie; o a las mujeres, que eran las que más fácil se creían estos sermones, como el de las siete lociones que hacían desaparecer de sus rostros las patas de gallo, una para cada noche antes de acostarse. Estas lociones eran lo que mejor se vendía. Por eso el pequeño sótano se hallaba repleto de cajas de las siete lociones. El misterio era que siempre hacía falta una caja cuando llegaba el momento de realizar la última entrega. Laura le preguntaba a Juvenal, pero él nunca sabía nada y no quedaba otra que encargar una caja extra.

Laura sabía que la venta de lociones era y no era un trabajo fácil. Pero la ventaja era que seguía siendo una mujer joven y bonita. Ya tenía tres años en la ciudad de los vientos, y desde que la dejó Juvenal —hacía un año—los había vivido sola; bueno, no del todo sola, ahora tenía un *roommate:* un gato gordo y perezoso que la vecina de arriba le había regalado antes de irse a México a buscar a sus dos hijos.

Por las noches Laura había quedado desamparada. Inexorablemente deseaba la compañía y presencia de Juvenal (o de algún hombre hecho y derecho, como él solía ser al principio). El llanto ahora formaba parte de su vida diaria; era difícil tomar el *bus* y retener las lágri-

mas y los sollozos que convulsionaban su pecho, que se
llenaba de aire como un fuelle y que lo expiraba dando
largos sonidos asmáticos.

Un día tuvo una idea. Con el dinero de siete lociones, tomó el *bus* de la Blue Island-Loop y se bajó en la
Jackson. Caminó hasta la avenida Michigan y se dejó
llevar por las vidrieras amplias de una óptica. Había anteojos de diferentes modelos y colores. Entró y optó
por unos que tenían los espejuelos en forma de rombo,
y como en un cartel decía que estaban al cincuenta por
ciento de descuento Laura se los llevó puestos. Siguió
caminando firme por las aceras anchas y llenas de tran-
seúntes hasta que se detuvo en la esquina de Adams y
Wabash a esperar el *bus*. En los espejos de una camioneta vio reflejada su estructura corporal, ahora un poco
gorda, y al divisar al fondo el Art Institute llegó a sentirse una obra de Botero. Pero fue una idea pasajera.
Ahora estaba conforme con sus rombos negros que ta-
paban aquellos lagrimales irritados. Se sentía lista para
encarar la vida, con calma y efectividad. Los rombos
negros le ahorrarían el dinero que se gastaba en correc-
tores de ojeras.

Esa noche Laura llegó a su casa, tomó una ducha
tibia y luego se recostó en su cama amplia y llena de pelos de su *roommate*. Intentó dormirse, pero sólo consi-
guió dar vueltas y hundirse en el colchón. Y como otras
noches, no podía dejar de hacerse el mismo plantea-
miento de siempre: saber los porqués del abandono de
Juvenal. Después de todo, era buena ama de casa y bue-

na vendedora de lociones, aunque reconocía que el deseo sexual por parte de él se había evaporado. Recordó que Juvenal se había vuelto impertinente; llegaba del restaurante a la casa, se bañaba, se perfumaba y salía de farra, y siempre aclarando que tenía que dispersar su mente con diversión. Laura, atónita y pasiva, lo esperaba hasta las seis de la mañana con el té de tilo que a él tanto le gustaba. Como para dejar de recordar, Laura se levantó, fue hacia la heladera, la abrió y se preparó cinco sándwiches de fiambre y aceitunas negras. Los devoró sofocándose en la angustia que la tenía presa.

Se volvió a acostar, con sus palmas se acariciaba sus grandes senos y pensaba en la entrega de lociones que debía hacer al día siguiente, cerca de las calles Clark y Belmont, donde más éxito tenían sus ventas. Laura despertó, sorprendida por el mismo rayito de sol de aquellas mañanas compartidas en la cama con Juvenal. Se preparó rápidamente un café, se vistió de negro, porque no tenía paciencia para combinar los colores de las blusas con los pantalones, se puso los rombos en su rostro redondo, y tomó el *bus* que la llevaría al barrio de Lakeview.

Se bajó en la Belmont y caminó por la Clark. Llegó al edificio con sus brazos llenos de cajas, tocó el timbre del segundo "B". La fachada llena de colores la hizo recordar el Sur de su ciudad natal: La Boca. Pero salió de sus pensamientos cuando un chico de su edad y de sonrisa radiante le abrió la puerta del lugar. La sonrisa era como aquella que Juvenal había ido perdiendo ante ella. La invitó a pasar a su departamento. Y al abrir la puerta, Laura sintió la ráfaga de un perfume que la perturbaba sin disimulo. De las paredes colgaban cuadros con cuerpos desnudos en diferentes posiciones. Los colores eran agresivos.

Laura no comprendía mucho inglés, pero John —así se presentó— le ofreció un café, y ella sin rodeo alguno aceptó. Él se dirigió hacia la cocina a prepararlo. Mientras tanto, Laura se quedó entre los colores, en medio de una soledad extraña. Se sentía observada. Y en un momento sintió que alguien le clavaba una mirada sin piedad, que le traspasaba la médula. Se dio vuelta. En un portarretrato, abrazado a John, estaba Juvenal con su sonrisa radiante, mirándola.

Dolores Gloria

Nació en San Luis Potosí, México, en 1980. Estudió Licenciatura en Derecho en la Universidad Autónoma de SLP. Actualmente reside en Austin, Texas. Escribe poesía y cuento.
Sus inicios literarios fueron en el Taller libre de literatura del
Museo Othoniano coordinado por Ana Neumann. Algunos
de sus trabajos se encuentran en el poemario colectivo "Tres
Laberintos" (2001) publicado por la UASLP y en la compilación "Palabras Libertas" (2016) del taller libre de literatura
del Museo Othoniano de San Luis Potosí. Ha participado
en múltiples Antologías como parte del grupo Letras en la
Frontera de la UNAM San Antonio, por mencionar algu-
nas: *Ritualidad, Mito y Poesía, Texas, la Experiencia Bilingüe,*
y *Mundo Clausurado.*

EN LA OTRA VIDA NO SERÍA INFIEL

Valentina se pasa los días pensando en Jason, pero antes había sido Julio, pero como su esposo se llama John, llegó a pensar que tal vez le gustaban los nombres que empezaban con jota, pero después recordó su romance totalmente utópico con West. Cuando le daba por sentir atracción hacia un hombre no se sentía culpable mientras ellos fueran solteros. Al fin y al cabo todos los romances existían, la mayoría del tiempo, en su imaginación. Es cierto que su intención de enamorarlos era siniestra y real, porque sabía que tenía el encanto para lograrlo, pero también sabía que les rompería el corazón, ya que nunca materializaría ninguno de esos amoríos. Amaba a John pero esa sensación, *the thrill of It,* era lo que la mantenía jovial y se convirtió en una adicción.

Cuándo se enamoró de West, aún no se había casado con John, pero West era 7 años más joven y estaba en desventaja, no porque ella tuviese experiencia, sino porque a los 20 años los hombres se enamoran del mundo entero, así que por más encantador y atento que era West sabía que el resultado final sería fatal.

Se conformó con escaparse a citas con él, en las que
nunca hablaban de esa necesidad de esta juntos todo
el tiempo. A Valentina también se le rompió el corazón
cuando decidió casarse con John, sólo deseaba que la
idealizara tanto como lo hizo West.

Valentina amaba a John, o al menos amaba la coin-
cidencia de haberlo encontrado en su vida, eran del
mismo país, pero se encontraron en Estados Unidos. A
ella le gustaba pensar que sus caminos ya se habían cru-
zado antes, muchas otras veces. El mundo de John era
ella, se levantaba preparándole el almuerzo para que
comiese bien en el trabajo, y se dormía pensando en
qué tanto la habría decepcionado ese día y cómo mejo-
rar el siguiente.

Cuándo Valentina conoció a Julio, este era un hombre muy solo debido a su naturaleza machista y ego-
céntrica, nunca se sintió atraída a él sexualmente, ni
siquiera se le hacia apuesto, pero sentía una necesidad
inmensa de componerlo, como si fuese un artefacto,
así que tomó su mente y corazón prestados un rato y
lo hizo tener ojos sólo para ella. Él fingía estar intere-
sado en todas las demás mujeres que conocía, pero en
sus viajes sólo encontraba cosas para Valentina. En uno
de sus tantos viajes se atrevió a comprarle una peineta
para su hermoso cabello, cuando se la obsequió ella fingió sorprenderse, y él estaba feliz de gozar de su sonrisa
por un instante. Lo cierto es que ella veía esa necesidad en él, en cualquiera que necesitara a alguien por
quién existir. Julio se mudó de ciudad, primero porque

su sensatez le decía que no podía enamorarse de una mujer casada, y segundo, porque no podía pasar un día más al lado de su mujer ideal y prohibida. Así que se fue, con el corazón roto, pero también con el ego compuesto, con la ilusión de algún día volver a sentirse así por alguien que estuviera más disponible. A Valentina no se le rompió el corazón, al contrario, se sentía orgullosa de haberle inyectado algo de amor al corazón y la mente de Julio.

Cuando conoció a Jason, no fue un gran impacto su vida, le molestaba su candidez, su positivismo cotidiano. Era un hombre insufrible. A Jason ella le pareció totalmente indomable y terca desde la primera vez que hablaron. Él, estaba felizmente casado al igual que ella. No parecía que alguno de ellos pudiera predecir los sentimientos que llegarían al uno y al otro. Hablaban todos los días de cuestiones de trabajo y se contaban cosas chuscas que les pasaban en la vida diaria, mi esposo esto, mi esposa aquello, era tan refrescante poder tener los pies en la tierra o al menos así lo pensaban, compartir la vida con alguien con quien puedes hablar de como te va compartiendo la vida con alguien. Qué ironía, esa necesidad que todos tenemos de ser comprendidos en lo incomprensible, poco a poco se enamoraron contándose todas esas historias de la vida de casados. A Jason, Valentina le parecía la mujer más inteligente y divertida que había conocido en su vida, claro está que no era la más hermosa, pero esa necesidad de traspasarle el alma era insoportable, estaba perdido y a la vez se sabía casado, con alguien que en su tiempo consideró la mujer más inteligente y hermosa y que le llevaba muchos años de experiencia. Valentina estaba confundida por primera vez, se preguntaba por qué le gustaba tanto Jason. Sabía que era guapo y con potencial, pero esas camisas de viejito que se ponía y esos zapatos de señor de 60 años le parecían un sacrilegio para un joven de 30. Se convenció de que la esposa lo vestía de esa manera con el propósito de hacerlo invisible, y lo lograba. Ellos se decían tanto entrelíneas que sólo tenían que hablar de trabajo y de sus matrimonios para saber que se morían por el otro. Lo sabían ambos y por mucho tiempo jugaron a los esposos fieles, siendo absolutamente profesionales, pero pensando en el otro cada vez que tenían una oportunidad, no citas, no besos, no intimidad, solo una terrible necesidad de ser infieles.

Valentina estaba decidida, no le importaba ya si el mundo entero la juzgaba, su deseo por ese cuerpo, por ese hombre que la pensaba, era más grande que todos los años al lado de John.

John era totalmente fiel, es cierto que de vez en cuando podía aceptar que alguien era más bonita que Valentina, pero mejor, nunca. Nadie podía romper la imagen que tenía de su esposa.

Ella lo sabía y se había vuelto caprichosa e insensible, ya no agradecía las atenciones de John, al contrario, era lo menos que él podía hacer por alguien que siempre estaba al borde de la infidelidad. Ella estaba convencida de que toda esa necesidad que sentía de estar con alguien más, era culpa de John.

Así que decidió hacerle ver a Jason que ella sentía lo mismo por él. Le tocaba el hombro cada vez que tenía oportunidad. Le hablaba de sus pasatiempos. Sabía que Jason ya anidaba la idea de ese nuevo amor, de ser capaz de dejarlo todo por ese nuevo romance. Un día cuando trabajaban juntos entre coqueteos y cosas serias, Valentina se dio cuenta que Jason era como su esposo. También notó que había muchos rastros de su esposa en él, como que los rasgos de Jason eran un bosquejo de su esposa. La esposa lo había dibujado a su imagen y semejanza, había deshecho el molde que lo contenía y había esculpido uno nuevo. Tal cual Valentina lo había hecho con John. Ese mismo día su mente se empezó a alejar de Jason, es cierto que le seguía pareciendo atractivo y que soñaba con poder hacerle un cambio de look todo el tiempo. Pero ya no quería ser infiel, porque su intención nunca fue enamorarse de esa mezcla de él y su relación de muchos años.

Por lo que empezó a ser fría con Jason, su relación se convirtió en algo completamente profesional y Jason, a pesar de haber sentido confusión y angustia por mucho tiempo no sintió nunca el corazón roto, pero sí incompleto.

Por todos los caprichos y desaires que le hacía Valentina a su marido, éste comenzó a sentirse desolado. Un buen día, una de sus clientas se le echó encima y él, pobre mortal, se dejó sentir necesitado por un instante. Le confesó a Valentina, tal cual un hombre honesto hace, que eso no había significado nada, esa mentira de siempre, lo cierto es que a veces no sabes como terminar una historia.

Valentina no lloró, no le dijo nada, simplemente al siguiente día cuando John estaba en su trabajo, fue a comprar un boleto de avión y se regresó a su país, sin maletas, pero sintiendo la misma cobardía con la que llegó. Pensando que en la otra vida no sería infiel.

Esthela González Guerrero

Editora, traductora y escritora mexicana, egresada de la Sorbona de París con maestría en Historia de la Filosofía. Ha publicado artículos en la revista *Selecciones* y una autopublicación de relatos cortos con el grupo Escriventores. Desde hace algunos años se desempeña como editora técnica bilingüe.

POR SI ACASO

—Puedo pensar en, al menos, veintiún maneras de matarla.

—Veintiuna.

—Eso dije.

—No, dijiste veintiún

—¿Te vas a impresionar por una letra? ¿Qué no oíste que dije que soy capaz de matarla?

—No te creo.

—Pues créeme, porque ahora entiendo perfectamente los crímenes pasionales: hierve la sangre, hay una horrible efervescencia en el estómago, un volcán en la mente. Grrr, siento que se me sale el corazón nada más de imaginar que está con ella.

—Pues no te lo imagines.

—Es que no puedo. Se me despierta el instinto reptiliano y me dan ganas de acabar con cualquiera que se meta en mi territorio.

—¿Tu territorio? ¡Válgame! Es tu esposo, no tu propiedad.

—Es mío. Como dice la canción: "mi propiedad priiivadaaa".

—Eres linda, pero no muy afinada. Como dice el poema: "me gustas cuando callas..."

—Podría averiguar cuál es su coche y descomponérselo... Sí, para que tenga un accidente y que se muera... No, mejor que no muera, que quede tetrapléjica y desfigurada. Así ya no le gustará a nadie, ni siquiera a mi marido. En castigo.

—Dudo que te atrevas. Muy fantasioso tu plan.

—Me consigo una jeringa con algún virus. Como ébola. Y se lo inyecto una mañana en el vagón del metro, cuando vaya a trabajar apretada entre tanta gente. Yo, escondida en medio de la multitud con una inocente aguja que contiene una horrible enfermedad.

—Casi me haces reír.

—O la enveneno. Nada más que descubra quién es, la enveneno.

—No sabes si tiene coche o si usa el metro, si trabaja o estudia. Es más, no solo no sabes quién es, sino que ni siquiera sabes si existe.

—Claro que existe. Todos los hombres son iguales. Infieles hijos de su... No se trata de si te van a engañar, sino de cuándo.

—Y según tú, él ya te engañó a ti.

—No estoy segura al cien por cien, pero hay indicios.

—¿Qué? ¿Manchas de labial en la camisa y esas fantochadas de telenovela?

—No, cosas, más, cosas más íntimas.

—Por ejemplo...

—Que la última vez, en la cama, me salió con unos movimientos mucho más energéticos de lo habitual. No se los conocía.

—Y porque ahora sí le echó ganas te vas a quejar.

—No, quejarme no. A sospechar, no a quejar. Ahhh y otra más: una amiga me dijo que si te llega bien perfumado y recién bañado es prueba de que viene de con la otra.

—¿Y qué tal si solo se duchó después del gimnasio? No seas insegura. ¿Para qué habría de andar por ahí si te tiene a ti, tan guapa? A ti que has conservado tu buena figura.

—¿Qué sé yo? ¿Que porqué son infieles los hombres? Esa es la pregunta que nos hacemos todas desde el principio de los tiempos. ¿Será que anda con otra porque yo fallé? Quisiera entender cómo supo quitármelo. Quisiera investigar dónde se ven. ¿Es un hotel bonito o un lugarejo sucio y apartado?

—Sufre, sufre y hazte la mártir.

—A lo mejor, pero ¿a poco él se comporta con ella con caballerosidad? Cuándo están juntos, ¿se burlan de mí? ¿Le inventará que soy una bruja frígida y que por eso la necesita a ella?

—Y toda esa información no te serviría para nada.

—Me serviría para no seguir imaginando, para admitir, para comprobar que todos hombres te van a engañar.

—Curiosidad malsana.

—No. Trato de ponerme en su lugar. En el lugar de

él y en el de ella. Los infieles padecen de falta de empatía. Si supieran y sintieran lo que siento, no serían infieles. Tan solo por clemencia tendrían que hablar de frente y no causar daño. Pero no tienen remedio, habría que darles una cucharada de su propia medicina.

—Quítate eso la cabeza. Sé libre y olvida esa necedad de la monogamia, la fidelidad y el amor eterno. Haz como yo: tomo lo que hay, cuando hay, sin complicaciones.

—Pero es la monogamia, la fidelidad y el amor eterno la base del matrimonio, que es la base de la sociedad, que es la base de la civilización...

—Eso es muy poco práctico y alejado de la realidad.

—Pues sí, en la realidad lo ensucian todo y te engañan de manera doble: se va con otra y además lo hace a escondidas; traiciona el cuerpo y la confianza.

—Quizá es parte del placer eso de hacerlo a escondidas. Más emocionante.

—O sea que son infieles por emoción.

—Por curiosidad también, me supongo.

—Para saber qué se siente con otro cuerpo. Son infieles también por el desafío, tal vez, para probarse a sí mismos que todavía pueden.

—Esas son las mujeres. Mejor se sienten mientras más miradas atraen. Básico. Se miden con las imágenes de las revistas y las pantallas.

—No, las mujeres no buscamos atraer a un público. Al menos yo no, lo que yo quiero es atención personal plena e ininterrumpida. Alguien que no tenga ojos sino para mí. Que me coloque al principio de su lista de prioridades. Que no anteponga el programa de televisión ni el partido de fútbol ni la salida con los amigos en la noche...

—Un robot, pues.

—No, además quiero que tenga ideas propias y que aporte novedades a la relación. No sé, digamos desde información acerca del mundo, hasta nuevas actividades para hacer juntos. Compañía, alianza ¿qué es muy difícil de entender?

—No, la verdad no. Todos queremos lo mismo: compañía, camaradería, confianza. Todos los humanos, bueno, hasta las mascotas.

—Alguien en quien recargarte si estás enferma o a quien contarle tus miedos, con quién reír e ir al cine y comentar la novela que estoy leyendo y el chisme sobre la concuña de mi amiga y los conflictos en la oficina y la ilusión de envejecer juntos.

—Todos buscan a alguien así. Pocos son capaces de ser alguien así.

—O sea que "no preguntes lo que la pareja puede hacer por ti, sino lo que tú puedes hacer por la pareja".

—Te burlas, pero sí. Si exiges mucho, da mucho. ¿Tienes demandas? Brinda ofertas equiparables.

—Exactamente, eso es lo ideal.

—Pero no es lo real. Es mejor no esperar nada del otro. Que cada quien se rasque con sus propias uñas. No casarse. Solo encuentros esporádicos. Sin compromiso.

—Demasiado frío.

—Absolutamente práctico.

—Pero nada romántico. Yo podría ser su todo a cambio de que no estén mirando a alguien más por encima de mi hombro, de que no se les vayan los ojos cuando pasa una minifalda o una cara bonita y que no se metan en otras camas. Nunca.

—¿Nunca?

—Sí, ya lo sé. La verdad es otra: todos te pondrán el cuerno. Tarde o temprano. Pagarles con la misma moneda: esa es la salida. Adelantarse...solo por si acaso.

—¡Shhh!, ¿Oyes eso? Tocaron la puerta.

—¿Qué dijo?

—Creo que dijo "servicio a la habitación".

—Será un error, porque no hemos ordenado nada.

—Oye, como que ya se está haciendo tarde y me está dando frío. Creo que mejor ya nos vestimos y nos vamos porque a esta hora, ya tu esposo estará preguntándose dónde estarás.

—Sí, vámonos. Pero antes, dame un beso y dime que nos veremos aquí otra vez la próxima semana.

Carolina A. Herrera

Nació en Monterrey, México. Licenciada en Ciencias Jurídicas, Universidad Regiomontana (1989), Master en Escritura Creativa, Universidad de Salamanca, (2019). *#Mujer que piensa* (El BeiSMan Press, 2016) es su primera novela y obtuvo el primer lugar del International Latino Book Award en la categoría Mejor Primera Novela (Mariposa Award) y Mención Honorífica en la categoría Mejor Novela-Romance. Ha participado en las antologías *Ni Bárbaras, ni Malinches* (Ars Comunis Editorial, 2017), *Palabras Migrantes, 10 ensayistas Mexican@s de Chicago* (El BeiSMan Press, 2018) y *Lujuria* (Editorial Abigarrados, 2019), Oradora TedX. Cuando no escribe, es Directora de Servicios Globales de Interprenet, LTD, una compañía enfocada en proporcionar servicios de interpretación simultánea remota a escala global. Vive en Naperville, Illinois.

MÁS TE VALE, TINA

La Habana, Cuba, septiembre de 1958.

El viernes de la desaparición hizo tanto calor que los niños se quedaron dormidos más temprano que de costumbre. Esa noche, Diego llegó de trabajar pasadas las ocho y encontró a su madre esperándolo con la cena en la mesa de la cocina.

—Tu mujer no ha regresado —le dijo Delia, mientras picaba una papaya con la mano izquierda. Unos años antes, había sufrido una embolia que le había paralizado el lado derecho del cuerpo.

—¿A dónde fue? —contestó él, mientras extendía la mano para tomar un trozo de fruta. De un movimiento, Delia enterró el cuchillo en el pedazo de papaya, aniquilando en un instante el plan de su único hijo, y sin chistar le respondió:

—Ya tú sabes que la papaya es para el desayuno, ¡bellaco! Tu mujer fue a comprar hielo hace tres horas. ¿Tú quieres un arrocito con pollo, mi amor?

Diego miró su reloj de pulsera, se aflojó la corbata y se sentó a comer. Se terminó el arroz con pollo, la yuca, los tostones, la natilla y una vez satisfecho, decidió salir a buscarla. Seguro estaba en casa de Omaida, su mejor amiga, jugando cartas.

Omaida vivía a escasas dos cuadras, pero a pesar de que el día se extinguía, el calor no menguaba y el sudor no dejaba de brotarle por las sienes. Se arrepintió de no haberse cambiado la camisa por una guayabera.

¡Más te vale, Tina, que estés en casa de Omaida porque si tengo que caminar más con este calor, te mato! ¡Yo te mato, Tina!

Omaida le dijo que habían coincidido esa mañana en la escuela de los niños, como todos los días, y le aclaró que la jugada había sido la semana pasada.

—El segundo viernes de cada mes, chico, que, por cierto, le fue muy bien, ¡se llevó toda la plata! ¿Ya tú fuiste con Martica? —le preguntó Omaida con los brazos cruzados sobre el pecho.

Diego le dio las gracias y se retiró.

¡Ay, pero tú vas a ver cuando yo dé contigo, Tina! ¡Mira qué no decirme que te ganaste una plata! ¡Yo te mato, Tina! ¡Te mato!

En casa de Marta, empapado en sudor, Diego se metió hasta la cocina y se paró frente al abanico colocado sobre la mesa. Marta, sorprendida, le sirvió un vaso de limonada y le platicó que la había visto el día anterior en el salón de belleza.

—Nos hicimos la manicura y platicamos de pura bobería, que si los maridos, que si la suegra... ya tú sabes, es que con este calor no se antoja nada. Y pensar que en

Argentina es invierno. ¿Tú puedes creer eso, chico? Yo no entiendo cómo es que allá está haciendo frío. ¿Ya tú fuiste con Lulú? Me dijo que le estaba arreglando unos vestidos —dijo Marta sin detenerse a respirar.

Diego se tomó la limonada de un trago y le pidió que le avisara si sabía algo de ella. Salió de ahí cavilando.

¡Yo partiéndome el lomo y tú haciéndote las uñas! ¡Mira que si tú andas contando nuestras cosas, yo te mato, Tina! ¡Te mato!

Lulú, la costurera del barrio, le comentó a Diego que, efectivamente, el día anterior había pasado a recoger unos vestidos.

—Le tuve que meter en la cintura, chico. ¡Mira que se ha puesto flaca, pero todo le vino de maravilla! Tú tienes una mujer muy linda... —dijo Lulú, sin verlo a los ojos.

Diego sonrió a medias y se despidió mascullando.

¡Más te vale que hayas pagado con el dinero que te ganaste en el póquer y no con el gasto de la semana, Tina! ¡¿Pero dónde te has metido?! Coño, Tina, ¡te voy a matar!

Eran casi las 11 de la noche cuando volvió a casa. Traía pegado el sudor en la frente y en las axilas. Delia se había quedado dormida en el sillón de la sala y decidió dejarla ahí. Caminó por el pasillo de puntitas, para no despertarla, y justo cuando iba a llegar a su recámara, escuchó la voz de su madre.

—¿Diego?

La frustración se le escapó por los hombros. No tenía ganas de platicar. Volvió sobre sus pasos, se sentó frente a ella, le explicó con detalle la ruta que había tomado y el resultado de su investigación. Delia escuchó atenta, absteniéndose de hacer preguntas. Luego le pidió que la llevara a su cuarto, y así lo hizo. La ayudó a acomodarse en la cama y se despidió de ella con un beso. Antes de apagar la luz, Delia le dijo:

—Tú tienes que ir a la policía, mi amor. Recuerda lo bien que se portó el comandante Medina aquella vez que la cogieron por manolarga.

Recién bañado y refrescado, decidió continuar la búsqueda. Se subió al auto y se fue derechito a la comisaría temiendo que su mujer se hubiese metido en un lío y estuviera encarcelada.

¡Mira Tina, que si yo te encuentro presa otra vez...! ¡Te mato, Tina! ¡Te mato!

El oficial que lo atendió le confirmó que Tina no estaba presa y que no podían hacer nada hasta pasadas 24 horas.

—¡Coño, oficial! ¡En 24 horas se puede armar una revolución! ¡Exijo hablar con el comandante Medina! —esto último lo enfatizó con un manotazo en el mostrador.

El oficial lo miró con ojos cansados y le dijo:

—Mira, chico, el comandante Medina salió ayer de vacaciones y no regresa hasta dentro de un mes, pero si tu mujer no aparece para mañana, yo me encargo de buscarla.

Diego pensó en lo peor.

Se detuvo en los hospitales temeroso de que hubiese sufrido un accidente.

¡Coño, Tina! ¡Los niños no se cuidan solos! ¡Cómo tú hayas andado de coqueta y te haya cogido una guagua cruzando la calle...!

Ninguna mujer con las generales de Tina había ingresado en las últimas horas y le sugirieron ir a la morgue.

Más te vale que no estés muerta, Tina, ¡porque entonces no voy a tener a quien matar!

Diego le pidió al forense que le mostrara los cuerpos de las mujeres que había recibido durante la noche. El doctor sabía que ninguno correspondía a la descripción física de Tina, pero no tuvo corazón para decirle que no. Eran tres. El último cuerpo asomaba una cabellera de rizos oscuros que creyó reconocer. Diego levantó la sábana y comprobó, con cierto alivio, que no era ella. Se acercó al cuerpo en la plancha y le susurró:

—¿Tú también saliste a comprar hielo, putica? —el médico lo vio con un poco de lástima y le recomendó ir a la policía.

—De allá vengo, mi hermano.

Diego continuó la plática con el doctor más que nada por el aire acondicionado y, un poco después, más calmado, se despidió. Eran casi las ocho de la mañana y la brisa del Caribe que apenas le rozaba el cuello anunciaba un día igual o más caliente que el anterior.

Pero ¿dónde coño te has metido tú, Tina? ¡Mira que cuando te encuentre!

Llegó a la tienda del barrio y la empleada, una negra de tetas rebosantes y un culo todavía más espectacular que el de Tina, le dijo que su mujer había pasado por ahí, pero no había comprado hielo, sino cigarros. No sabía para donde había virado al salir. Todo esto se lo dijo con las tetas apoyadas en el mostrador. A Diego se le hizo un nudo en la garganta y con la voz cortada le dio las gracias y salió de ahí.

¡Ay, Tina! ¡Ay, Tina! ¡Ojalá que tú estés muerta!

El olor a congrí, tan temprano, lejos de reconfortarlo le dio mala espina. Delia aplastaba unos tostones cuando escuchó a su hijo entrar. Sin dejar de golpear los plátanos fritos, le dijo que había un telegrama urgente sobre la mesa de la entrada. Diego tomó el sobre y se dirigió a la cocina. Se sentó en la mesa y leyó el telegrama en silencio, mientras Delia le daba un vaso de agua con hielo.

ME HE IDO CON MEDINA A BUENOS AIRES. STOP.
NO NOS BUSQUES. STOP. CARIÑOS A LOS NIÑOS. STOP.

—¿Qué es lo que dice, mi amor? —preguntó la vieja sin levantar la vista de los tostones.

Diego, con las sienes empapadas de sudor, se bebió el vaso de agua de un sorbo, respiró profundo y guardó el telegrama en el bolsillo de la camisa.

—Que regresa en un mes, mami.

URÓBOROS

You may ask yourself
What is that beautiful house?
You may ask yourself
Where does that highway go to?
And you may ask yourself
Am I right? Am I wrong?
And you may say yourself
"My God! What have I done?"

—Talking Heads, "Once in a Lifetime"

Todavía no eran las cinco de la tarde y ya había oscurecido. La Avenida Michigan —sus árboles ataviados con miles de luces blancas— era un hormiguero de gente ansiosa por llegar a algún lado. Las extravagancias de moda en los escaparates de las tiendas invitaban a los peatones a gastar en cosas que nadie necesita y que tarde o temprano terminan arrumbadas en un clóset. Daniel solo intentaba huir. Lo aturdía el reverberar histérico de la prisa de los viernes, pero había decidido caminar las quince cuadras que lo separaban de la estación del tren. Nevaba. El reflejo de las luces navideñas atravesando los copos que caían en desorden lo hacían sentir como si estuviera atrapado dentro de un globo de nieve. Debía apretar el paso si quería alcanzar a tomar el tren de las 5:40 para llegar a tiempo. En dirección norte y sur, la avenida se había transformado en una culebra interminable de coches deslizándose en intervalos impredecibles.

Sintió la vibración del celular en el bolsillo del abrigo, lo sacó y abrió el mensaje. *¿Ya vienes?* En el instante en que se quitó los guantes para responder, se le helaron los dedos. Divisó un Starbucks a unos cuantos metros, apretó el paso y entró. Se formó en la fila para pedir un café y tecleó, con los dedos aun tiesos, una mentira: *Todavía no salgo de la oficina.* A los pocos segundos, otro mensaje apareció en la pantalla. *Apúrate.* Los tres puntitos seguían saltando en la pantalla cuando llegó su turno. Pidió un capuchino.

—¿Nombre? —preguntó la empleada en tono aburrido.

—Daniel.

Luego manipuló la aplicación instalada en su celular hasta obtener la pantalla de pago y mostró el código de barras. Con pericia, la joven apuntó el haz de luz roja hacia el celular y de inmediato se escuchó un bip. "¡Listo!" Mientras se dirigía al otro lado del mostrador a esperar su bebida apareció la respuesta. *No vayas a llegar tarde otra vez.* Miró el reloj: 5:10. Guardó el celular y le llamó la atención una pareja sentada al fondo del establecimiento. Era Alfredo, un amigo ciclista, con una mujer que no era su esposa. Sus miradas se cruzaron, activando el idioma secreto de los hombres y Alfredo, sin quitarle la vista de encima, movió la cabeza de arriba a abajo en señal de entendimiento. Daniel le devolvió el gesto confirmando su complicidad. Nunca lo habría imaginado de su compañero, quien solía llevar a la esposa, una mujer guapa y alegre, a todas las fiestas de la oficina. En ese momento, el barista le entregó su capuchino y Daniel salió del lugar con un sentimiento hincado en el pecho que le subió por detrás de los ojos, achicándolos. Lo reconoció. Era envidia.

La nieve se empezaba a acumular en las ramas desnudas de los árboles, pero en la calle, bajo las pisadas de la gente, se convertía en charcos de aguanieve. Sintió el celular vibrar de nueva cuenta. Esta vez lo ignoró y siguió caminando. El viento comenzó a arreciar y ahora los copos de nieve le pegaban en el rostro. Alzó la cara. Se sintió vivo. Cada día le pesaba más regresar al tedio, a la recriminación, a la domesticidad —que lo único que había logrado era erosionar poco a poco su masculinidad. ¿Cuándo había sido la última vez que se había acostado con su mujer? ¿La última vez que la había deseado? ¿Que ella lo había deseado a él? La quería, sí, pero como quien quiere una buena chamarra en un día de invierno. Se estaba ahogando. Sacó el celular y miró una nueva notificación en la aplicación de mensajes *¿Ya saliste?* Un mensaje económico, pero contundente. Siguió caminando. La nieve caía con fuerza, el piso se había tornado resbaloso y la gente caminaba más despacio. Tenía 48 años. "Solo me quedan veinte veranos", pensó, y sintió una leve opresión en el pecho que se disipó al escuchar el sonido de una sirena lejana. Se puso los audífonos, miró su playlist y continuó caminando sin convicción mientras la música de "Talking Heads" se disputaba el espacio entre sus oídos.

La temperatura seguía bajando; debía resguardarse unos minutos antes de continuar. A unos pasos vio la enorme puerta de Nordstrom invitándolo a gastar. No tenía pensado comprar nada, sólo quería entrar en calor. Cruzó el umbral, se quitó los guantes y se encontró con los mostradores de vidrio del área de joyería. Aparentando que buscaba algo, y luego de quitarse los audífonos, se acercó a uno de ellos. En el centro, un anillo en forma de serpiente con unas pequeñas esmeraldas que servían de ojos lo cautivó. Una voz suave y amable lo distrajo.

—¿Quiere que se lo muestre? —dijo la chica detrás del mostrador. Levantó la vista y se encontró con la mirada verde de la empleada. La plaquita prendida a su blusa indicaba que su nombre era Clara. Volvió su mirada al rostro de la mujer y se perdió en sus enormes ojos de serpiente marina. *I got a girlfriend that's better than that.*

Clara sonriéndole. Clara besándolo. Retozando en la cama juntos. En París. En Roma. En un pasillo de la abadía de Westminster leyendo las inscripciones de las tumbas. Plumber. Su risa. En una playa mexicana tomando margaritas, porque a ella le gustan las margaritas, no las piñas coladas. Clara montada arriba de él, enterrándole los dedos en el pecho al momento del orgasmo. Sus manos acariciando sus senos redondos. La boca de Clara en su pene. Ella dormida y su espalda desnuda y la curva de su cintura. Sus ganas de tocarla, pero no la quiere despertar. El lunar en el bajo vientre que solo él puede ver. Clara escuchándolo tocar el piano, mirándolo como si fuera un dios griego. La abultada cicatriz de una vacuna en el hombro que él besa con ternura. Clara recién despierta con el cabello revuelto y los ojos hinchados por el whisky de la noche anterior.

La vibración del celular lo despierta. Clara insiste, coqueta:

—Permítame mostrárselo.

Daniel siente la presión de su erección y se sonroja.

—Muchas gracias... Clara... mejor no.

Clara se ríe y apunta a su nombre grabado en la plaquita prendida a su blusa.

—La gente nunca se fija —dice sonriendo, mientras saca de la vitrina la caja con el anillo y la sostiene sobre la palma de la mano, esperando que él la tome. Mirándolo sin titubear, agrega: —Es Uróboros, la serpiente que se muerde la cola. El símbolo del ciclo eterno de las cosas.

Daniel alterna su mirada entre los ojos de Clara y los ojos de la serpiente.

—También es el símbolo del pecado —contesta él con audacia. Aunque lo dice sin pensar, le sorprende su atrevimiento. Las dagas verdes que adornan el rostro de la mujer se clavan en sus pupilas dilatadas. Es una invitación. Siente la erección y agradece que es invierno, pues la chamarra le ayuda a esconder las ganas que tiene de cogérsela. Clara coloca la caja con el anillo en su mano. Al contacto de su piel, siente una descarga eléctrica. Las esmeraldas montadas sobre la cabeza de la serpiente lo hipnotizan. *Stop making sense, stop making sense.* Se pierde.

Clara vestida de novia. Los dos agarrados de la mano, saliendo de la ceremonia, alegres. Sus manos sobre un vientre redondo. Clara pariendo. Él abrazando a su hija recién nacida. El llanto de la pequeña que no tiene nombre. ¿Ya vienes para acá? *Clara cansada.* No tengo ganas. *Clara de malas.* ¡Carajo, te estoy esperando! *Los dos acostados dándose la espalda.* ¿Por qué no me contestas? ¿Dónde estás? *¿Estás con otra? Clara en un ataque de celos.* ¡Hijo de puta! *Clara aventándole un plato.* Vete a la chingada. *La niña llorando.*

La voz melódica de la empleada lo saca de su trance preguntándole si le gusta. Esta vez Daniel no sonríe y le devuelve el anillo, ofuscado. No sabe qué decir. El teléfono comienza a vibrar. Lo toma y se aleja. *¿Ya vienes?* Lo guarda en el bolsillo de la chamarra. Vuelve a vibrar. Vibra. Vibra. Vibra. Vibra. Vibra. *And you may ask yourself, how did I get here?*

Salió corriendo de la tienda en dirección a la estación hasta llegar al río, esa víbora que atraviesa la ciudad de este a oeste. Miró los puentes iluminados, la ciudad reflejada en los edificios y el agua, que aún no se había congelado. No había barcos, sólo la nieve cayendo, ahora sin fuerza, agitando levemente esa oscuridad sin fondo, prometiéndole tranquilidad. Asió la barandilla con los puños enguantados, miró a la gente que iba y venía en ambas direcciones, todos corriendo con el celular en la mano. *Let the water hold me down.* Vibra. Se llevó la mano al bolsillo de la chamarra, sacó su dispositivo, leyó el mensaje en la pantalla: *Papi, te estamos esperando.* Papi. Sintió el reverberar de la serpiente acuosa deslizándose bajo sus pies. Papi. *Water running underground...* Vibra. Sin mirar el celular, lo lanzó a las fauces de la serpiente, que se lo tragó sin perturbarse entre remolinos. Daniel respiró. Sus fosas nasales se impregnaron del aire helado que agitaba el río a sus pies. Renovado, se encaminó a la estación del tren, con paso firme... *Same as it ever was. Same as it ever was...* hacia los brazos sofocantes de la rutina.

Bertha Jacobson

Nació y creció en Chihuahua, México. Actualmente vive en San Antonio, Texas donde ejerce como intérprete y traductor jurídico. Escribe para revistas y periódicos electrónicos y sus cuentos han sido publicados en antologías tanto en inglés como en español. *Coleccionista de Almas,* una colección de cuentos cortos se publicó en junio de 2014 y le mereció una Mención de honor en el International Latino Books Awards 2015. Su segundo libro *Poems to Play/Poemas Para Jugar,* una colección bilingüe de poemas infantiles se publicó en abril de 2019. Actualmente trabaja en una segunda colección de cuentos cortos y una novela.

COSAS DE FAMILIA

Mariela llamó a Camila tan pronto bajó del tren.

—Ya estoy en Oceanport, voy camino a la casa de mis tías.

—¡Bendita seas! Qué bueno que tienes flexibilidad para acompañar a la tía Lina en estas circunstancias. Por favor, no dejes que Hugo se quede a solas con ella. Podría engatusarla para que firme algo. La sucesión de bienes debe proceder lo más pronto posible.

—No te preocupes, prima. Yo me quedo aquí todo el tiempo que sea necesario.

Mariela subió la bufanda para cubrirse el rostro y protegerse del gélido aire otoñal. Podría haber tomado un taxi de la estación a la casa, pero deseaba caminar y recordar. Hacia veinte años que no visitaba el tranquilo pueblo. Desde que la tía Blanca se casó con Hugo y todas las tradiciones y costumbres de los Ayala perdieron importancia. La vida familiar siempre giró alrededor de Blanca y Lina, las tías solteronas. Mariela y Camila, hijas de dos hermanos más jóvenes, crecieron juntas y pasaban largas temporadas con las tías. El que no tuvieran marido generó en las tías un carácter independiente y creativo; ellas jamás se sintieron amargadas, al contrario, eran alegres, bromistas y muy amigueras.

Blanca y Lina siempre hicieron todo juntas. Juntas manejaban la pastelería que heredaron de sus padres, juntas vivían en el caserón de la calle Mohawk, en Oceanport, juntas viajaron alrededor del mundo, y cuando ya estaban en sus cincuenta y tantos años, juntas se enamoraron del mismo hombre. Hugo, bastantes años más joven que ellas, escogió a Blanca por esposa. Al verse rechazada, Lina, le declaró una guerra sin tregua y proclamó que era un vividor sin escrúpulos. Aunque los tres siguieron viviendo en la misma casa, vendieron la pastelería y todo cambió para el resto de la familia Ayala. Ya no hubo reuniones familiares, pero Lina iba a visitar a sus jóvenes sobrinas con frecuencia y les platicaba cosas tan desagradables de Hugo, que las chicas siempre lo vieron con cierta desconfianza.

Ahora Lina, quien tenía setenta y seis años, padecía de artritis y demencia senil. El dolor constante y la antipatía contra Hugo le amargaron el carácter. A pesar de sus diferencias, Blanca siempre cuidó de su hermana. Ahora era el turno de las sobrinas.

Al llegar a la casa, Mariela sintió como si alguien le golpeara el estómago. El hermoso caserón de postigos azules, jardines estilizados y bien cuidados que ella recordaba ya no existía. Encontró un armazón de vigas chuecas, pintura descarapelada, tejas caídas y un jardín desolado.

Entró sin llamar. Respiró con alivio al ver que el interior no había sufrido tanto deterioro. La chimenea estaba prendida y la tía Lina lloraba sentada en un sillón de pana verde cerca de la ventana. Levantó el rostro y en un momento de lucidez reconoció a la sobrina.

—Querida Mariela, se nos ha ido mi hermana adorada. ¿Por qué ella y no yo?

—No digas eso, tía. Yo vengo a hacerte compañía —se acercó a su tía y le acarició las mejillas. La tía Lina siguió llorando como una criatura.

—Vaya, qué rápido llegaste —la voz de Hugo hizo que se volviera hacia la puerta de la biblioteca. No se saludaron ni se dieron el pésame.

—Necesito que me digas dónde están los documentos.

—No te andas con rodeos —farfulló Hugo mientras se sentaba en el sillón del otro lado del salón, llevaba una cerveza en la mano y se empinó un trago.

—Según lo que sé, mi tía Blanca te pidió un arreglo prenupcial y el testamento está con el abogado.

—Así es. Pero no te apresures tanto. Muestra respeto por la muerte de mi mujer. Démosle un funeral digno, sin discusiones, no permitas que te gane la ambición.

—No es ambición, es precaución —respondió Mariela con una sonrisa fingida.

—Eres tan sagaz como tu tía Lina —rugió Hugo empinándose de nuevo un trago de cerveza.

Mariela intentó disimular su incomodidad sacándole plática a la tía Lina. No obstante, la mente de la pobre anciana entró de nuevo a la nebulosa y ya no le contestó.

El funeral tuvo lugar una semana más tarde para que los dolientes pudieran asistir. Camila llegó, pero sólo por dos días. Suficientes para ver el deterioro de la casona, el triste estado de salud de la tía Lina y sentir una corriente de energía negativa en aquella mansión de la que antes guardaba tan sólo gratos recuerdos. El testamento reveló que la tía Blanca nombraba a Camila como albacea y según las estipulaciones del testamento, todo el patrimonio debía depositarse en un fideicomiso a favor de Lina, del cual se extraerían los gastos de la casa y su manutención. La última noche, las primas se quedaron en la misma habitación como hacían de pequeñas y conversaron hasta altas horas de la madrugada.

—Yo te ayudo en lo que sea —mencionó Mariela solícita—. Puedo quedarme aquí una buena temporada. Mi divorcio con Gastón fue muy duro y me vendría bien cambiar de aire.

—Lo más importante es cuidar de la tía Lina.

—Y mantenerla alejada de Hugo —añadió Mariela—. No puedo creer que la tía Blanca no le haya dejado nada salvo el derecho de vivir aquí en usufructo.

Mariela encendió un cigarrillo y Camila se apresuró a abrir la ventana. Mariela rompió en una sonora carcajada.

—Ya no somos las chiquillas de antes, tenemos más de cuarenta años. No tienes por qué correr a abrir la ventana. Nadie nos va a regañar por fumar. Anda, toma uno.

Camila aceptó el cigarrillo y se sentó al lado de la cama. Se quedó pensativa por unos minutos.

—¿Y si Hugo no fuera el malo de la película? Nunca lo hemos tratado y sólo lo conocemos por boca de la tía Lina, quien bien sabemos también estuvo enamorada de él —comentó Camila en voz baja.

—Pues mi lealtad es para la tía Lina. Por si acaso, mejor me voy con cuidado —respondió Mariela.

—Otra prioridad es arreglar la casa. La próxima semana te mando una carta poder para que tengas fondos y me ayudes con eso. Lo único que te pido es que me guardes todas las facturas para poder llevar un control de gastos.

—No te preocupes, yo te paso todo lo que necesites.

La siguiente semana, Mariela empezó una rutina nueva para ella y la tía Lina. Revisó la alacena y vio que había únicamente latas y comida congelada. La tía necesitaba comer frutas y legumbres, así que el lunes a primera hora, se fue al mercado al aire libre y compró una buena porción de productos frescos. Cocinó toda la mañana. Cuando la tía Lina se despertó le llevó el desayuno a la cama y después fueron al salón de belleza para arreglarle el pelo y las uñas.

El martes cambió el aceite y revisó el motor del viejo coche que la tía ya no manejaba y el miércoles la llevó a Atlantic City. La sentó frente a las maquinitas del primer casino que encontró.

—Necesitas distraerte, tía. No puedes vivir encerra-
da.

Sin embargo, al intentar pagar, la tarjeta de Mariela
fue rechazada.

—Ay tía, préstame tu tarjeta y al llegar a casa te pago
—la tía Lina la vio sin comprender lo que dijo, pero
dejó que Mariela esculcara en su bolsa hasta encontrar
una tarjeta de crédito.

Estuvieron jugando toda la mañana. Mientras que
Mariela cambiaba de maquinitas, la tía Lina apenas ati-
naba a bajar la manivela una o dos veces por hora. Sin
embargo, tuvo suerte y ganó más de cinco mil dólares.
La tía se emocionó como un párvulo y aplaudió. Mariela dividió las ganancias en dos partes y siguió jugando
lo que consideró su porción. Lo perdió todo. Cuando
estaba a punto de meter mano a la porción de la tía, ella
empezó a hacer pucheros y declaró estar cansada. Para
evitar una escena, la mujer tomó a su tía del brazo y
regresaron a casa. Mariela volvió a sentir la adrenalina
provocada por el juego. Fue una de las razones de su
divorcio, pero la familia no lo sabía.

El jueves, Mariela pidió presupuestos a varios con-
tratistas para iniciar las reparaciones.

La casona de Oceanport volvió a cobrar vida. Pinto-
res, jardineros y carpinteros empezaron a desfilar por
el exterior. En el interior, Mariela cambió muebles y
cortinas. Pedía la opinión de la tía, que en momentos
lúcidos comentaba sus preferencias, pero la mayor parte del tiempo se quedaba viendo a Mariela sin recono-

cerla. Hugo mantenía su distancia y salía muy temprano a jugar golf. Regresaba tarde y no causaba muchos problemas.

Mariela puso mucho empeño en alegrarle los días a la tía Lina. La mimaba, la arreglaba, le cocinaba, ponía música, conversaba con ella, aunque la tía no respondiera, y una vez por semana iban a Atlantic City. Mariela sabía que no podría justificar ante Camila los gastos en la tarjeta de crédito de la tía Lina. Así que concibió otra idea para obtener efectivo y sustentar su adicción al juego.

Se reunió en privado con el carpintero, el pintor, el herrero y el jardinero. Exigió que inflaran las facturas un 30%. Al principio, ellos se negaron, pero era eso o perder el contrato. El problema del juego quedó resuelto por algunos meses.

Los dolores de cabeza frecuentes volvieron a atacar a Mariela. Sabía que estaban asociados con la ansiedad del juego, pero no podía evitarlo. En el botiquín de la tía Lina, la mujer encontró toda clase de medicinas. Se tomó una combinación tipo coctel. Para esconder su vicio, empezó a suministrar a la tía pastillas de esas que no requieren receta médica. Los dolores de la tía aumentaron al grado que hubo que llevarla al doctor.

—¿Qué medicinas está tomando?

Mariela mostró los botes.

—Pues no podemos aumentar la dosis. Tendremos que empezar a suplementar con morfina.

Camila llegó un fin de semana y se mostró encantada con las mejoras de la casa. Aunque la tía Lina estaba limpia y arreglada, se veía descompuesta. Mariela le dio un reporte de las actividades y le entregó todas las facturas organizadas por fecha.

—Caray, esto está saliendo más costoso de lo que imaginé —suspiró Camila—. Pero es necesario tener las cosas listas. La tía no nos va a durar para siempre. Parece que se está apagando.

—Tuvimos que empezar a darle morfina —comentó Mariela tomando la mano de la tía y dándole unas palmaditas de cariño.

—Tengo toda la confianza en que estás tomando las decisiones adecuadas —suspiró Camila.

—La familia es lo primero —respondió Mariela.

Hugo no se inmiscuyó en la conversación, pero escuchó desde su sillón en la biblioteca.

Mariela continuó consumiendo las medicinas de la tía y tuvo que aumentar la dosis de morfina para mitigar el dolor de la anciana. Siguió cocinando y mimándola en exceso. Como la tía apenas podía moverse, Mariela dejó de llevarla a las excursiones a Atlantic City.

La suerte le sonreía unas veces y otras no, pero para sostener ese ritmo de vida, Mariela tendría que encontrar la forma de apoderarse de todo el patrimonio de las hermanas Ayala. Al faltar la tía Lina, los bienes se dividirían entre nueve sobrinos y eso no le convenía. Consultó un abogado de reputación cuestionable y bajo el amparo de la carta poder, firmó documentos donde la tía Lina le cedía todos los derechos del fideicomiso.

En un pueblo chico, donde la gente se conoce, los rumores llegaron a oídos de Hugo. Éste se comunicó con Camila.

—Algo no anda bien por aquí, Mariela no está actuando de buena fe.

—No me extraña que me hables así —repuso Camila. Eres una víbora. Mi prima está haciendo un excelente trabajo. Por favor no me molestes más.

—Si no te fías de mí, date una vuelta por el pueblo e investiga por tu cuenta —musitó Hugo y colgó el teléfono.

Mariela escuchó la llamada desde la extensión del piso superior. A partir de esa noche, empezó a aumentar la dosis de morfina. La tía se convirtió en un bulto a quien había que alimentar con sonda y cambiar pañales.

—Tendremos que contratar a una enfermera —le dijo a Camila.

—Se le pagarán 30 dólares por hora, pero usted presentará factura por 50 —informó Mariela a la enfermera. No se percató que Hugo había hecho instalar cámaras de seguridad alrededor de la casa.

La tía sufrió un ataque cardiaco. Mariela llamó a Camila y ambas estuvieron al lado de la tía en sus últimos momentos. Murió cuatro meses después que Blanca.

Dos días después del funeral Mariela y Camila se despidieron.

—Gracias por haberte dedicado a cuidar de la tía. Me has quitado un gran peso de encima.

—No tienes nada que agradecer, somos familia. Han sido unos meses de retro inspección y de descubrir lo que en realidad es importante en la vida.

—Lo que has hecho no tiene precio, pero quiero que recibas una remuneración —extendió la mano y le entregó un cheque por diez mil dólares.

—Eres muy generosa, Camila. Voy a usar esto para viajar a México. Hace tanto que no voy.

Las primas se abrazaron y Camila se marchó. Mariela subió a preparar sus maletas.

Hugo terminó de ver los videos de seguridad que mostraban a Mariela chantajeando al personal, tomando pastillas y hablando por teléfono con los abogados. Los escondió bajo unas duelas rotas de la biblioteca, esperaba no tener que usarlos, pero con ese tipo de mujeres, nunca se sabía.

—¿A qué horas sale tu vuelo?

—Nuestro vuelo, Hugo —respondió Mariela con una sonrisa.

—Ya no te soy tan antipático, ¿verdad? —se acercó a ella y la tomó entre los brazos.

Mariela hizo la cabeza hacia atrás y rió. Luego le acarició la mejilla.

—Claro que no, y eres buenísimo en la cama. Supe desde el principio que seríamos un buen equipo.

Hugo tomó las maletas y bajó las escaleras silbando mientras Mariela sentía la adrenalina correr por sus venas. Le hubiera gustado ver la cara de Camila al descubrir el fraude. Pero no se puede tener todo en la vida.

Constanza Jaramillo

Nació en Medellín, Colombia, y se crió en Bogotá. Cuando tenía 18 años, su padre le anunció que "era hora de aprender inglés". Sin pensarlo demasiado, Constanza se fue de intercambio y estudió literatura comparada en la universidad de *Davidson*. Al terminar, volvió a Colombia para estudiar periodismo en la Universidad de los Andes. Su deseo de vivir en Colombia se vio desviado por enamorarse de un americano, también escritor. Ambos volvieron a Estados Unidos en el 98 y después de muchos años en Nueva York, decidieron irse a vivir a *Chapel Hill* en Carolina del Norte.

Ha trabajado como editora, ha reseñado libros para el Boletín Cultural y Bibliográfico de la Biblioteca Luis Ángel Arango y la revista Kien y Ke, y ha enseñado lenguas y literatura durante la mayor parte de su carrera. A lo largo de los años, se ha vuelto experta en hacer que algunos adolescentes americanos le tomen cariño al español y al francés. Escribir y ver crecer a Lucas y a Soledad le han marcado el rumbo.

La Bendita

A los diecisiete años, caminando por el almacén *Apple,* Eliana pensó en la suerte que tenía. Su padrastro americano tampoco creía la suya. Era hermosa. Se desbordaba de juventud por la camisa y los pantalones apretados. Era rellenita de mejillas y de busto, menuda de cintura y alargada. Hubiera podido ser reina de belleza, o todavía podría serlo con un par de arreglos, el diente torcido o el huesito protuberante de la nariz. El señor la llevaba del brazo, de una mesa a otra, donde miraban pantallas de distintos tamaños que mostraban playas, gente riéndose, y cantantes de rock. Ese día le iba a comprar un teléfono. El más moderno, el que ella pidiera, sin importar el precio. Clemencia, la madre, esposa recién importada del americano, los esperaba afuera. Eliana no se le desprendió del brazo, y al salir se tomaron la foto, sin ella.

Acababan de llegar a los Estados Unidos, gracias a él, que les había arreglado las visas, al casarse con Clemencia. Nada complicado cuando un americano hacía esos trámites en su propia embajada. Las dos entrando como reinas en ese búnquer de la capital de Colombia, adonde habían ido por primera vez, tan lejos de su pueblo, a la orilla del río Magdalena.

Click, click.

—Tan bonito como hace click el teléfono, igual a las cámaras de antes —comentó Clemencia.

No le hicieron caso. De pronto fue que ninguno de los dos entendió y Clemencia se sumió en un mutismo, recordando las circunstancias que la habían traído al nuevo país, a ese suburbio de casas nuevas, árboles enanos, carreteras anchas y centros comerciales.

Extrañó los paseos que hacía en su pueblo, sobretodo la caminada del cementerio a su casa. Se desviaba por la orilla del río para sentir la brisa después de dejarle una flor o algún detalle a su escogida, sus pasos en sentido contrario que ella, la que había bajado, incompleta, arrastrada por la corriente.

Nada de esto lo había planeado. El día en que la compró, o la escogió, pues eso de comprar un cuerpo le sonaba tan mal, no pensaba gastar dinero en nada, e iba preocupada por lo que le avisaba una amiga con que se había topado.

—Allá en el monte hay uno que está buscando compañera —le advertía Elda, la chismosa, que cuando no tenía qué contar, inventaba.

—Y a mí eso qué me va a importar. Yo ya estoy muy vieja para esos trotes. Que vaya y le haga el sancocho otra, que yo sola estoy mejor.

—No, Clemencia, él ya tiene quien le cocine. Y usted y yo ya no estamos pimpollas, como él las quiere. Tenga cuidado con su hija, Clemencia, no vaya Dios a permitir que se la lleven. ¿No ve lo guapa que se le está poniendo?

Elda la haló del brazo y la arrastró hacia a un grupo de gente.

—Bajó una muerta, venga y miramos.

Oyeron ecos, entre chismes y cuchicheos: que había sido bonita; que venía sin un trapo encima, toda expuesta; hasta alguien dijo que ese torso sí era 90-60-90.

—¿Pero cómo se va a saber si es bonita sin verle la cabeza? —irrumpió Elda dando empujones para escuchar mejor. Un torso, un torso, como un tronco flotando con dos gallinazos encima, picoteando. Pero el milagro, esta vez, era que los senos le venían intactos. Se los habían respetado los gallinazos.

—Vamos a verla —le propuso Elda a Clemencia, que se había quedado atrás.

—¿Para qué?

—Invierta en ella porque usted está muy desprotegida.

Elda la llevó hasta donde el señor de la carretilla que ya había metido el torso entre una bolsa de plástico negra y se disponía a llevarlo al cementerio.

—A esta no la han pedido todavía —les ofreció, inclinándoles la carretilla con la bolsa negra.

—Vamos que allá le dan buen precio si viene conmigo.

Y así había logrado Elda convencer a Clemencia de mantener una escogida en el cementerio. Como si la plata fuera para botarla. Pero cuando algo se le metía en la cabeza a Elda, era mejor hacerle caso, pues encima de chismosa era muy terca.

Eso de "escoger" a los muertos es orgullo de ese pueblo. Allá ninguno de los que arrastra el río se queda N.N. Les ponen nombres nuevos, y los cuidan, así no estén completos. A veces son nombres del que desapareció en la familia adoptiva. Otras veces son apodos más afectuosos.

—Y usted ya puede comenzar a pedirle, apenas pague la primera cuota —explicó Elda.

Así comenzó Clemencia sus visitas a su escogida, la Bendita, como le había puesto, rogándole que ninguno bajara del monte a encapricharse con su hija, como le había pasado a la señora que se mantenía en el cementerio rezando el rosario, esa que se dejó filmar por unos americanos que habían llegado hasta allá para hacer un documental y que le prometieron que la ayudarían a buscar su paradero.

Así pasaron algunos meses. Clemencia pedía y las cosas le salían. Iba a ver a la Bendita al menos una vez por semana, puntual, y antes de que se pudrieran las flores, se las reemplazaba. En general le dejaba unas cayenas que tenía en la entrada de su casa. A Clemencia cada vez se le ocurrían más deseos: hasta tonterías, como que las maticas de la entrada florecieran bien, o que le cayeran unos pesos de alguna parte.

La Bendita era generosa. Respondía, como las ánimas del purgatorio, a los rezos de Clemencia. Tanto, que a Clemencia le había salido un trabajo secretarial en la oficina de la petrolera. Tanto, que ahora uno de esos ingenieros americanos de la oficina la miraba de reojo.

Afuera, la mata de cayenas estaba rebosante de botones.

En eso pensaba Clemencia satisfecha, meciéndose a la entrada de su casa, cuando Eliana entró sin saludarla, y ella no tuvo tiempo de regañarla por el pintalabios ni el esmalte de uñas negro, ni preguntarle de quién era la moto de donde se había bajado.

—Ayúdeme a cortar unas cayenas para la cena de bienvenida de la oficina.

Eliana, aliviada de que su madre estuviera tan en la luna últimamente, vino con unas tijeras, pero apenas comenzó a cortar las flores, su madre la regañó.

—No, esas no, porque ya están casi pasadas. Mejor esos botones para que abran en el florero. Agarre las pimpollas y deje las otras —Eliana obedeció.

La fiesta de bienvenida salió bien en la petrolera. Clemencia se fue arreglada, lo mejor que pudo, y estuvo muy solícita, enseñándole español al americano, un viejo de reloj de oro, cuyos pelos translúcidos se le asomaban por el cuello de la camisa. Le retumbaba la voz en ese español de bobo que se esforzaba por aprender. Se la pasaron bailando, y así de broma, él le propuso que si quería irse con él al otro país, allá de donde él venía. Cuando volvió a la casa no oyó ni música, ni la televisión, pero venía tan contenta, que se puso a soñar despierta un rato.

Como la casa estaba tan en silencio, se le ocurrió que de pronto la Bendita le estaba volviendo a la niña más juiciosa, porque era tan dedicada con sus favores. Pero cuando abrió la puerta de su cuarto, no la vio allí, sólo la cama vacía, con ropa tirada encima. Tuvo que esperar como hasta las cuatro de la mañana para que llegara Eliana. Alcanzó a rogarle y prometerle el cielo y la tierra a su Bendita, y hasta agradecerle un poquito cuando vio llegar a su niña.

A los pocos días, cuando Clemencia se encontró con Elda en la plaza, se le salió la verdad sin poder evitarlo. Que la niña le estaba llegando tarde sin decir nada, que el gringo le había ofrecido viaje, con matrimonio y visa incluidos.

—¿Con la niña?

—Sí claro, ¿cómo la voy a dejar yo aquí tirada? ¿Para que se la lleven?

—Dicen que anda en malas compañías Clemencia. Es todo lo que sé. Váyase con ella, al menos por un tiempo.

—¿Y quién me cuida a la Bendita?

—No se preocupe que yo le dejo flores y si me manda una platica la mantengo al día.

Al gringo le dijo que sí. Se las llevó a las dos. Allá se casó con Clemencia por segunda vez en inglés. Vino uno que otro familiar, pero no le hablaron mucho a Clemencia. Eliana no entendía nada, pero se entretenía con maquillaje y accesorios, tonterías que le compraba el señor, cada vez más obsequioso con ella.

A Clemencia qué le iban a dar celos. Ya no estaba como para esas bobadas. Había salvado a su pimpolla y era lo que importaba.

Una noche, se soñó con la bendita, que le decía que estaba muy sola, muy sola, le repetía quejumbrosa. Y ella también se halló durmiendo sola. Oyó ruidos en el cuarto de Eliana. Como un grito acallado. Caminó hacia la puerta, pero dio media vuelta. Volvió a su cuarto. Rezó un poco más por las ánimas del purgatorio.

Jhanayra Manzano

Nació en Caracas, Venezuela. Se licenció en Sociología en la Universidad Central de Venezuela, obtuvo una Maestría en Administración en la Universidad Católica Andrés Bello. Desde sus inicios profesionales trabajó en Petróleos de Venezuela en las áreas de recursos humanos, finanzas internacionales y comercio internacional (1988 – 2003). Realizó el Taller de Poesía del Centro de Estudios Latinoamericanos "Rómulo Gallegos" (CELARG) en el período 2001-2002, al cual se accede por concurso público. Una selección de sus poemas aparece en *Voces Nuevas. 2001-2002* (Caracas: Celarg, 2005). Su libro de poemas, *Infancia, amor mío* recibió Mención Honorífica en la Bienal Latinoamericana de Literatura José Rafael Pocaterra 2002-2004. Sección Poesía. (Valencia, Venezuela). Algunos de sus poemas han sido publicados en la revista literaria El cautivo.net y en Nagarí Magazine.

Desde el año 2004 reside en los Estados Unidos donde ha realizado varios talleres y seminarios de escritura creativa y actualmente comparte la escritura con el trabajo independiente en las áreas de administración y finanzas.

Una mujer. Un día.

*Para conservar el sentido
hace falta saltar por la ventana
y unirse al vuelo de los pájaros
el día está tibio y la luz aguarda afuera*

Se despierta agitada, como si cuando apenas abre los ojos le faltaran las horas. Se levanta adolorida y recuerda lo que un amigo le dijo una vez: "si tienes más de treinta y cinco años, te levantas y nada te duele, es porque estás muerta". Piensa en su edad, su cumpleaños está próximo, ya la década está a punto de acabar y no ha logrado nada, es decir, nada que valga la pena, ni un hijo, ni un libro, ni un árbol; algo que la continúe en el mundo. Se siente irremediablemente seca, casi desierta.

Frente al espejo por un momento pierde la noción del tiempo, extraviada en su mirada, como si no pudiera reconocerse completamente y más bien una mujer extraña estuviera en el reflejo... ¿Dónde estarán los sueños que mantuvo postergados? ¿Se habrán diluido acaso en tantas lágrimas inútiles de su pasado? ¿Le será posible perdonarse su propia traición? Las preguntas, piensa, son más bien retóricas, ella sabe las respuestas, para nada le sirven, y en realidad, poco importan.

La invade nuevamente ese pensamiento de vacío que la atemoriza: para conservar el sentido... Siente la presión de las palabras, una a una, como gotas incesantes sobre su rostro. Ellas la invitan a un final diferente, a un desenlace incluso inadecuado para la niña buena que siempre ha sido y la mujer perfecta que tanto le ha costado construir.

Entra en la ducha y ese momento, que podría ser de calma y relajado placer, se hace imposible. Su mente no se detiene un instante. Piensa en lo injusto de los días, en el dolor de la mañana. Los fantasmas de errores pasados, del abandono de sus deseos más íntimos, regresan a su encuentro como un huésped hostil y, sin embargo, extrañado. Piensa en sus padres, los imagina sentados en el balcón de su casona vieja, mirando al Caribe. Seguramente estarían orgullosos de su hija. Había conseguido lo que ellos anhelaban, pero ella, ella había convertido en suyas tantas ideas ajenas.

Se arregla, el día está muy frío, pero al menos no está nevando. Toma un café mientras observa desde la ventana el Loring Park, aún quedan vestigios de la nevada anterior. Apresurada, toma las llaves y sale, como siempre, ejecutiva, con el paso fuerte, la mirada altiva, y hoy particularmente elegante. Parecería que un espíritu diferente la poseyera y la dominara completamente. Nadie podría imaginarse que detrás de ese rostro hermoso y de ese movimiento seguro de su cuerpo, viviera tanta soledad.

Hoy es un día especial. Le anunciarán su ascenso como Marketing Senior Director. Ahora nada de esto tiene mucho sentido, al menos no para ella que se siente escindida en una suerte de universos paralelos. Uno irreal, donde más que ella es un personaje ajeno quien lo habita y actúa. El otro, más cercano y profundo, pero a la vez, en momentos, oscuro y devorador.

La mañana transcurre, monótona, ocupada, entre llamadas, correos electrónicos, decisiones. Finalmente, el momento esperado. El jefe la llama pidiéndole que vaya a su oficina; de allí, él la acompañará a la sala de reuniones de la directiva.

Al entrar, un círculo de rostros conocidos aguarda. El vicepresidente toma la palabra: *"I have an announcement that I'm delighted to make. I am very pleased to..."* Ella escucha una voz que parece no reconocer, que se va diluyendo. Piensa en lo absurdo de la vida, estaba atrapada en un lugar que ella misma había construido, y del que ahora no encontraba salida. Había dejado la piel en grandes y pequeñas batallas contra el frío, los prejuicios, la pronunciación inadecuada, el verbo incoherente, para conseguir tantas cosas y, en este momento, ni siquiera sabía qué hacer con ellas.

Los aplausos la sacaron de sus pensamientos. Todos la miraban esperando escuchar un discurso digno de su exitosa trayectoria. Estaba allí, parada, sin palabras, como si la mujer que habita sus horas de soledad se apoderara de ella. Considera la posibilidad de huir, pero siente que tal vez sea el momento de gritar, ante la mirada sorprendida de aquellos hombres y mujeres, lo absurdo que toda esa vida le parece, lo desconectado que su corazón está de ese sinsentido cotidiano que la mantiene alejada de todos y de todo. El ambiente se torna denso. Todos la miran con estupefacción. El tiempo parece detenido. Sorprendidos, no pueden entender, pero sospechan con terror un desenlace inesperado, que los invitaría a todos a una reflexión para la que nadie estaba dispuesto. Sin embargo, ella decide hacer con pulcritud lo debido, lo que todos esperaban. Da las gracias y pronuncia un discurso impecable.

El grupo de directores la invitan a celebrar en el bar Lurcat, no es algo para dejar pasar debajo de la mesa. Ella sonríe, hoy no, tal vez mañana, han pronosticado que habrá buen tiempo y menos frío.

Llega a su casa inusualmente temprano. La tarde aun brilla afuera. Se decide, abre la ventana y sonríe. Los pájaros la esperan.

Karina Matheus

Nació en Caracas, en 1974. Es artista y escritora venezolano americana residenciada en Miami, Florida. Es graduada de Comunicación Social con Mención Cine y TV de la Universidad Católica Andrés Bello y de Especialización de Mercadeo para las Artes de la Universidad Metropolitana. Cursó estudios en la Escuela de Arte Cristóbal Rojas, las escuelas de música José Ángel Lamas y Lorenzo Llamozas, la Escuela de Danza Julio Campos y en el Taller de Fotografía Roberto Mata.

Su camino en las letras comenzó a temprana edad de manera autodidacta hasta formarse en estudios literarios en el Centro de Estudios Latinoamericanos "Rómulo Gallegos" y en la Universidad Central de Venezuela. En Miami, ha estudiado con los profesores y escritores Hernán Vera Álvarez (Argentina) y Jaime Cabrera (Colombia).

Semifinalista de Cuentomanía 2018 y ganadora del voto popular con el cuento "La Reina del Carnaval", llevado a libro gracias a BEART y presentado por Arts Connection Foundation en Miami Book Fair 2018. Su cuento "Un zepelín para Ramona" quedó como finalista en el concurso "La Nota Latina" y publicado en la antología "Así Somos".

El Arcángel Miguel

"Cierra tus ojos y toma tres respiraciones profundas.
Inhala desde tu plexo solar. Retén.
Exhala en un ritmo fluido. Invoca su manto azul.
Visualiza que cubre tu ser desde el chakra corona
y recorre cada célula de tu cuerpo..."

—Necesito un *break*. Voy por agua

Katy bajó las escaleras y se dirigió a la cocina. El vaso de agua desapareció en pocos segundos por su garganta, mientras pensaba que un buen mojito le caería mejor y calmaría su sed. Afuera el invierno lucía renuente a irse de Long Island. Tan distinto a Florida, pensó. Sin mucho esfuerzo se perdió en los recuerdos, en esos diez años de sentir que vivía en un *reality show*: el esposo ideal, el hijo ejemplar, la casa americana en Weston, los vecinos sonrientes, el perro entrenado, la aspiradora robot, los tomates rojo carmín. El ansiado sueño del inmigrante, y más del suramericano, en todo su esplendor. Solo que a veces los ángeles te dan señales, repetía a sí misma al tiempo que sostenía con fuerza la medalla del Arcángel Miguel que colgaba de su cuello.

—*Are you ok?* ¿Seguimos?

La voz masculina desde la parte alta de las escaleras la trajo de nuevo a esa cómoda casa en Babylon con un primer piso lleno de sofás y mullidas poltronas para recibir a los clientes y un segundo nivel acondicionado como estudio de grabación y sala de edición, además del cuarto donde el operador descansaba. Era acogedora, como todas las casas en Paumenake Ave.

—Sí, dame un minuto.

Se sirvió otro vaso de agua con los pensamientos desviados en tal vez mejores tiempos. Aquella mañana de febrero hace un par de años atrás, su oráculo de ángeles le habló sobre 'la esperanza que unge con luz blanca tu corazón'. Una frase que latía en su mente cada vez que escuchaba muy cerca de su cuello ese susurro con acento del sur que la trasladaba a Córdoba y la imaginaba bailando una milonga en el Tsunami Tango.

"¿Qué será de su vida?". Con un suspiro que devino en una sonrisa, recordó el cabello blanco del coordinador de la escuela de su hijo.

—Mi nombre es Gabriel, gusto en conocerla... Señora —le dijo a la vez que le miraba el anillo de casada.

—Hola, me llamo Katy y soy terapeuta angelical.

La trastienda de orfebrería de su mejor amiga de infancia, que también se había mudado de Venezuela, era el sitio de sus encuentros. Entre cadenas de oro, piedras semi preciosas y muchas lámparas, se desnudaban casi por completo mientras creían verse en los destellos facetados de los cristales. A veces ella cuidaba la pasión para que ninguna partícula del manto de luz de él se escape. "Ni una gota fuera o lejos de mí, como me han dicho los ángeles".

Los días corrieron y Katy pasaba más tiempo en "La Nena Fashion Jewerly" que en sus habituales sesiones terapéuticas con clientes o que en las grabaciones de su segmento por internet: Lectura Angelical; aunque jamás descuidó su hogar. El cuarto de atrás, redecorado por su amiga, ahora tenía un *loveseat* con telas y cojines de estilo oriental y una lámpara de pie que graduaba la intensidad del foco. Katy solía llegar un rato antes que él para canalizar sus guías espirituales. Encendía un incienso de jazmín y asumía postura de loto con un salto de cama de seda blanca semi abierto, sin nada debajo. Así lo esperaba.

En la cena de *Thanksgiving* de ese año, el esposo de Katy anunció que trasladaría su bufete de abogados a West Islip con un nuevo socio y con el argumento que tendría mejores clientes y una casa mucho más grande y elegante. Ella pasmada entre la cocina y el comedor, dejó caer la bandeja de plata con el asado negro. Su mirada se fijó en los pedazos de carne que rebotaban por el piso. Mis ángeles no me advirtieron esto, se dijo. Y en tanto el labrador negro engullía lo que encontraba a su paso, escuchó a su esposo decir con calma: "No te preocupes querida mía, ya te amañarás. Además aún tenemos el pavo".

El anhelo cálido de la primavera tropical se había

esfumado rato atrás junto a su inquietud sobre si su marido supo o sospechó algo. Era cierto, su nueva casa era mucho más hermosa y elegante, así como los clientes de él mucho más exigentes y demandantes, y su hijo en un octavo grado mucho más aislado e independiente. "Los ángeles siempre te acompañan. A veces es solo uno por un período en tu vida. A veces dos o más caminan contigo a cada lado de tu ser. Pero siempre están contigo. Síguelos con fe ciega. Nunca te defraudarán".

—*Honey!* Meditaciones de Luz Angelical con Katy Angelina *are waiting for you* —decía el operador desde la sala de grabación.

Ésta era la última sesión de su álbum de meditaciones con el arcángel Miguel; de aquí solo faltarían la mezcla y edición final para lanzarlo. Con los audífonos y micrófono ya listos, Katy cerró sus ojos y reprodujo en su mente la imagen del ángel. "A veces es solo uno por un período en tu vida..." Su vuelo meditatorio la llevó ante la estatua que adorna la entrada de la iglesia St. Michael The Archangel, en la West Flager de Miami. Blanca, imponente, segura. Luego se vió entrar en la iglesia St. Michael The Archangel en Hell's Kitchen en pleno Manhattan con la figura también blanca e invencible de Miguel. "A veces dos o más caminan contigo..."

El operador dejó correr la música. Katy seguía en profundo trance, inmersa en su viaje. Él se acercó a ella y sonrió mientras la observaba. Sacó de su bolsillo una cinta de tela azul y con suavidad le vendó los ojos. Poco a poco comenzó a besar su cuello hasta desatar los cordeles del vestido y dejar despejados los hombros. Deslizó sus caricias hasta dejar al aire sus senos y con rítmicos masajes le sacó unos sutiles gemidos. Ella no podía evitar saborearse con apretones sus propios labios. Seguía en meditación y veía las puertas de lugares sagrados abrirse de par en par, mientras él levantaba la falda, sin nada debajo. Recibía el éxtasis vestido de azul. Él dirigió de nuevo los besos a la boca. La cinta y los audífonos rodaron. Ella abrió los ojos...

—Oh... Michael... Oh... Tus ojos son del color del cielo...

Katy subió a su auto y antes de encenderlo sacó su oráculo de ángeles. Sonrió ante el nuevo mensaje que recibía "Camina con fe y jamás te arrepientas del pasado. Coge mi mano y acepta mi guía. Yo soy el futuro sanador. Deja que mi rayo verde cure todas tus heridas".

Antes de tomar la vía de regreso a casa se detuvo en Jackie's Place, un café nuevo en la Deer Park Avenue de una americana que recién había regresado de vivir una larga temporada en España. Sin percatarse de la hora, llegó a punto de cerrar la tienda.

—*"Hi! Can I get a chai tea latte with almond milk, please?"*

El encargado la miró con unos profundos ojos verdes y le dijo: Spanish? Bienvenida, soy el esposo de Jackie. Mi nombre es Rafael.

Beatriz E. Mendoza Cortissoz

Poeta, narradora y periodista nacida en Barranquilla, Colombia, en 1973. Estudió Comunicación Social en la Pontificia Universidad Javeriana y Tecnología en Producción de Cine en el Miami Dade College. Ha publicado el poemario *Esa parte que se esconde* (Editorial MediaIsla, 2011) y *Un mar en calma y otros cuentos de amor y sexo* (Icono Editorial, 2020). Poemas suyos fueron incluidos en la antología *Aquí (ellas) en Miami, selección de poetas miamenses* (Katakana Editores, 2018) y en *La floresta interminable: Poetas de Miami* (Editorial ArtesMiami, 2019). Cuentos suyos han sido incluidos en las antologías *Rompiendo el silencio, relatos de nuevas escritoras colombianas* (Planeta, 2002) y *20 narradores colombianos en USA* (Editorial Collage, 2017). En 2019 fue invitada a PoeMaRio, Festival Internacional de Poesía en el Caribe en Barranquilla, Colombia. Ha trabajado como directora de noticias culturales en el Diario Las Américas y como productora de Telemundo, El Mundo, Univision y CBS Telenoticias. www.BeatrizMendoza.com

DETRÁS DE LA CORTINA

La mujer recibía al hombre dentro de sí, sin emoción ninguna, como una puta. De espaldas sobre el colchón, con las piernas abiertas, apenas percibía el movimiento de su marido. Observaba la escena fuera de sí misma, su cabeza estaba en otra parte. Algo así deben sentir las putas, pensó, algo así como este vacío. Entonces le dieron ganas de llorar y se sintió violada.

Luego en el hospital Mount Sinai, le comentó al psiquiatra de guardia que su marido la había violado. Cuando le pidieron explicaciones empezó a relatar aquella vez en que el amigo de su padre la besó en la boca cuando sólo tenía diez años. Y aquella otra en que su amiga le enseñó a masturbarse cuando tenía ocho, así como el día en que su prima de 13 la instó a practicarle sexo oral en medio de un juego con muñecas. Hablaba con palabras atropelladas, como si intentara atrapar las ideas y expresarlas antes de que salieran volando.

La dejaron sola por unos momentos que para ella fueron una eternidad que transcurría a la velocidad del metro. Detrás de la cortina escuchaba las voces, los comentarios de los doctores y se imaginaba que estaban hablando de ella. Los escuchó hacer una llamada, y pensó que estaban haciendo consultas con Israel, después de todo estaba en el Monte Sinaí. "Creo que la tenemos aquí, sí, vamos a hacerle prueba de embarazo", dijo una voz.

Le aterró la idea que vino a su mente. Ya una voz dulce de mujer le había dado las gracias en un susurro cuando hablaba por teléfono con su sicóloga. Ahora otra se lo confirmaba. Iba a ser la nueva María, la madre del nuevo mesías, o hasta tal vez del anticristo, pensó.

Sintió una angustia terrible, otra vez las ganas de llorar y de salir corriendo, y empezó a quitarse los cables que la conectaban a la camilla. Alcanzó a ponerse los pantalones, pero se dejó la bata de hospital. La cortina se abrió. Un enfermero gigante se dio cuenta de lo que estaba pasando y la disuadió de continuar su huida con la mirada. Ella lo observó fijamente mientras estudiaba la estrategia de escape. "No quiero ser santa", fue lo que atinó a decir antes de salir corriendo por la sala de emergencias.

Los fuertes brazos del mulato la atraparon y la apretaron contra la camilla. Trató de resistirse pero se vio vulnerable y ahí empezó a llorar un llanto desgarrador que alteró la concentración de los doctores y aumentó la angustia de los enfermos.

En la sala de espera, el marido y los padres aguardaban ansiosos. Un doctor los invitó a pasar. "La hemos dopado para que esté tranquila". Ella dormía. Cuando se despertó estaba de nuevo conectada a un monitor y al pie de su camilla el esposo la animaba con palabras dulces. Lo miró con desprecio y cerró los ojos.

Al abrirlos, tras lo que le pareció un instante de sueño poco profundo pero que en realidad fueron dos horas, encontró a su madre con los ojos llorosos y mientras la señora hablaba del gran amor que le tenía, ella pensaba que se refería a otra cosa, que amor era un eufemismo de sexo, que había algo oscuro y asqueroso en su infancia y recordó "El amor molesto", aquella película italiana en que una niña es abusada por su abuelo. Y si esa fuera mi historia, se preguntó, y si ser la madre de Dios fuera la única forma de limpiar mi impureza.

Rompió el silencio para decirle a su madre que no quería ser santa y empezó a explicarle por qué ella había sido escogida y cómo todas las señales estaban ahí, claramente, y apuntaban a lo mismo. En la televisión lo habían dicho y en la radio también. "Hasta Coti lo ha dicho: 'Tu nombre es mi dulce castigo', obviamente se refiere al nombre de Dios", explicó convencida.

Detrás del velo de las lágrimas, la madre vio a su joven hija hablar incoherencias y se sintió culpable. Trató de calmarla sobándole la cabeza, pero sus caricias tuvieron el efecto inverso, pues ella se sintió de nuevo víctima de un amor molesto y a los gritos empezó a pedir que la sacaran.

Se retiró en silencio. El rechazo de su hija era un puñal en el corazón que se sumaba a su culpa. En la sala de espera estaban los hombres. "Ella dice que tú la violaste", dijo seca al yerno cuando le preguntó por ella. El marido explicó que tan sólo habían hecho el amor, pero sus palabras se perdieron en el dolor de una mujer que intentaba encontrar un culpable que no fuera sí misma. Siguió una discusión avivada por la angustia, que tan sólo paró cuando un empleado del hospital se acercó con unos papeles. Sería trasladada a un psiquiátrico.

Pasaron un rato largo sin decir nada. El padre fue a buscar algo de comer. Entonces la madre se derrumbó y empezó a llorar calladamente. Su yerno tomó su mano a modo de consuelo y la miró con los ojos encharcados. Encontraron sosiego en el dolor compartido y pactaron una tregua de silencio.

Una camilla desfiló frente a ellos con la mujer dentro. La subieron a una ambulancia y cerraron la puerta. Nada dijo el marido cuando firmó los papeles del traslado. Nada dijo el padre. Sólo la madre atinó a preguntar si podrían ir a visitarla.

Gizella Meneses

Es autora de varios cuentos cortos, poemas y ensayos. Es coeditora de *Ellas cuentan: Antología de Crime Fiction por latinoamericanas en EEUU*. Sus obras han formado parte de varias antologías como *Del sur al norte: Antología de autores andinos en Estados Unidos,* ganadora de primer lugar (ficción-autores múltiples, International Latino Book Awards, 2018) y *Nos pasamos de la raya*. Como académica, tiene varios artículos, un libro y dos documentales. Su libro, coautora, *Argentine Cinema: From Noir to Neo-Noir* salió en diciembre del 2017 y su último artículo formó parte de la antología, *Violence and Victimhood in Hispanic Crime Fiction,* 2018. Es profesora en Lake Forest College.

[Closed-captioned]

[Trephine squeaking]
[Chirrido de trépano]
[Flames crackling]
[Crujir de llamas]
[Blows raspberries]
¿[soplar pedorreta, tromeptilla]?
[Coins jingling]

Ahí es cuando me trabo. No es lo mismo decir trabar que trabarse, ni tintinear que cascabelear. ¿Quién dice cascabelear? Además, qué carajo es un trépano. Ah, ya, un instrumento quirúrgico, que perfora, perforar, agujerear, en su totalidad o parcialmente.

[Esteban resopla]

Un sillón, una cama, una lámpara. Mi niña duerme. En la pared una pintura—un mural de esos personajes de su infancia—Jorge el curioso, el elefante Horton, Manfred el mamut de la *Era de hielo,* todos oxímoros.

[Footstep retracing]
[Objects clattering]

Desandar los pasos, como si fuera posible. Objetos

que retumban, eso sí que es posible, no una vez sino una y otra, una y otra, ad infinitum. Retumbar, resonar, crear un gran ruido o estruendo. En realidad, fue todo lo contrario. Samanta nació en el silencio—el mío, el de Esteban, y el de ella misma que no soltó ni un lloriqueo, ni cuando la bañaron. Todo fue fácil con Samanta, su dormida, su comida, su salud. Pensábamos que tal vez tenía algún desbalance, algo que explicara la paz de nuestra niña y la paz que nos rodeaba. No fue así, simplemente era una bebé tranquila. Hasta pensé que todos esos años de yoga y meditación tenían algo que ver: siempre esa maña de querer controlar.

Me encontraba con otras mamás del barrio en el parque todas ojerudas, apenas peinadas, y sin bañarse. Me asomaba risueña con el pelo recién lavado, oliendo a mi nuevo jabón de lavanda, y los churos en perfectos espirales que caían sobre mis sienes. Me unía a las quejas, por supuesto, intentaba no delatarme, pero seguro que se dieron cuenta que mi comportamiento no era de una mujer zombi apaleada por el desvelo, sino de una mujer reluciente, viva, y contenta. No, no contenta, feliz.

A veces Esteban y yo conversábamos sobre nuestra dicha y que cómo era posible que nuestra bebita se portara tan bien y que no batalláramos ni como pareja, ni con la depresión posparto, ni con el insomnio, ni con nada. Eso sí, me daba cuenta lo difícil que era todo aquello, aunque tan lejos de mi propia experiencia, tan obvio en los ojos y ademanes de las otras mamás.

Ninguno de los dos creíamos en el karma o en un Dios todopoderoso que disponía de nosotros como barcos de vela en alta mar, pero había algo y creíamos haberlo descubierto.

[Clears throat]

Carraspea. Yo diría una onomatopeya. Pronuncia la palabra, primero un sonido [k] seguido por la doble rr. Ya ves, te estancas a media palabra hasta poder sacarlo todo, así como cuando intentas aclarar la garganta, como cuando no has hablado en mucho tiempo, como cuando estás quieta en el silencio y luego te urge decir algo.

Una ventana, la luz del sol, dos cortinas. La luz entreteje un dibujo. Las cortinas se agitan con la brisa del viento. Me siento al filo de la cama de mi nena. Ella duerme como cuando era bebé, profundamente e inmóvil. Esa paz que teníamos los primeros años de su vida, no la hallo. Acaricio su frente, intento descifrar el dibujo y me parece ver un ala transparente, de una abeja quizás, me froto los ojos.

Samanta tenía una hermana gemela pero su hermana nunca nació. A las diecinueve semanas de embarazo hubo señales de alguna complicación. Resultó haber sido la placenta y el intercambio de sangre, eso dijeron. Lo que descubrimos era que, en realidad, algo de razón tenían todas esas palabras cliché que ofrecían los amigos y la familia, "no hay mal que por bien no venga" o "Dios sabe lo que hace." De tanto oírlo, se convirtió para nosotros en cántico—toda esa paz que nos rodeaba cuando Samanta llegó se debía, de alguna manera u otra, a lo que habíamos sufrido. El balance, decíamos.

[Esteban resopla]

Un peluche desmenuzado, una mancha en la alfombra, unas medias en la esquina. Samanta tenía cinco añitos y acabábamos de celebrar su cumpleaños con unas niñas del kínder. Samanta me acompañaba en la cocina mientras yo alzaba los platos. De repente giré la cabeza y la vi sentada con su *goldfish* en la mano observando cómo el pez soltaba su último aliento.

—¡Samanta, se va a morir, ponlo en su tanque!

—Eso quiero, mamá, ver cómo se muere. No grites.

Ella siempre tan tranquila, en control, ecuánime ante la desgracia. Es normal, ¿no? Todos los niños son curiosos. Es por eso que sacan las alas a las moscas, las aletas a los peces, o quiebran la pata al gato, ¿verdad?

[Muffled moan]

[Ringing of bells]

Gemir de dolor o de placer. El viento puede gemir, por ejemplo. Un sonido amortiguado, sofocado por las circunstancias, atragantado tal vez. Tañido de campanas. Un aviso o simplemente una forma de medir el paso del tiempo, como en los monasterios. Es la hora de comer, de dormir, de rezar.

Destripar peluches sí que era normal. Tomar la tijera y ver que hay adentro, eso lo hacía yo también de niña y recuerdo haberlo oído a las otras mamás del parque sobre sus hijas, creo. Esteban y yo nos reíamos de su curiosidad.

—Tal vez vaya a ser cirujana, se jactaba Esteban.

—Así parece, asentía yo.

Ella le había puesto Cornelio a su hámster. Samanta tenía ya ocho años y le había suplicado a su papá que se lo comprara, y había prometido cuidarlo, cambiar su agua, darle de comer, jugar con él. Tenía una curiosidad innata y pasaba horas examinándolo. Cuando encontré a Cornelio despachurrado en su jaula, no hacía falta explicaciones. No me atreví a preguntárselo ni reclamarle nada. Le puse al animalito en una caja y lo enterré en el jardín. Esteban llegó del trabajo esa tarde y le conté que Cornelio había muerto.

—Ay, lo siento, Samanta, exclamó Esteban.

Ella solo me miró de reojo.

—Pobrecita, parece que está triste, murmuró Esteban.

[Knocking at door]

[Exhales sharply]

Tocar, golpear, llamar a la puerta. El vecino vino a decirnos que había un conejito muerto afuera que parece que algún gato se lo había triturado. Que no le saquemos a la nena que se puede impresionar. Él lo iba a limpiar. Exhalar, expeler, despedir el aire. Despedir. Un conjunto de despedidas, en eso se había transformado mi vida. Le ocultaba todo a Esteban, para qué doblar el sufrimiento, me lo atiborré por completo.

[Shortness of breath]

Respiración entrecortada. Esteban rehusaba comprarle más mascotas a su hija, ni cuando a los diez años le rogó a su papá que le comprara un perrito. En ese pedir había algo de emoción, de reacción, diría yo. El resto de las veces la conducta de Samanta era mucho más medida, equilibrada. Quizás su padre se había dado cuenta.

[Panting, gasping]

Jadeos, largos y sin cesar. Corrí a su cuarto, pero no estaba. Miré por la ventana y vi a Esteban en la esquina de nuestro jardín, cerca de la hierbabuena y la albahaca que habíamos sembrado a principios de verano, cavando un hueco para Minino, nuestro gato. No sabía si los jadeos se debían a la fuerza con la que cavaba o el lamento que se unía con cada caída de la pala. Mi único consuelo es que ya no estaba sola, el desengaño era suyo también. "Desgracia compartida, menos sentida," más ejemplos del interminable repertorio de banalidades.

[Frogs croaking]

Ranas croando. Todavía podía distinguir el canto de las ranas. Esa era una buena señal, ¿verdad? Esteban pareció haber sentido mi presencia porque alzó la mirada—plana, inerme, inapelable.

Moru

Es escritora y gestora cultural. Nació en Illinois en 1976.
Creció en Guadalajara, México. Estudió Administración de
Empresas en Carthage College, WI y tiene Maestría en Literatura y Cultura Latinoamericana de la Northeastern Illinois
University. Fomenta la cultura mexicana participando en ex-
posiciones culturales. Actualmente, se encuentra trabajando
en una compilación de historias sobre sus raíces y familiares.

LA ESCUELA TRADICIONAL

Ya estamos de regreso en este fin de semana caluroso y como ya le mencionábamos, hoy, conoceremos la historia de una joven hispana que nos cuenta cómo vivió 13 años enamorada del coyote que su madre contrató para que la cruzara a la frontera, pero que éste acabó vendiéndola a unos soldados. Vámonos con nuestro corresponsal en el centro de Chicago que nos tiene esta aterradora historia. Sí, María Celeste, hoy me encuentro con Isa, quien a pesar de todas las adversidades por las que pasó al venirse de indocumentada desde su problemático país, logró el tan ansiado sueño americano. ¿Pero, a qué precio?...

Hummm, y que te parecen 16 años. ¡Ja! Hay que aborrecerlos a todos. Se merecía hasta mucho más, fue muy poca cosa lo que le hice. Al fijar la mirada en el oscuro líquido de la Coca-Cola helada y escuchar el hipnotizante sonido efervescente de las burbujas de la gaseosa cuando es vertida en un vaso, el pensamiento se me escapaba hasta aquellos días entre cada pop-pop-pop.

—Manita, no seas gacha, ¿después del trabajo me vas a ayudar a hacer la tarea de compu?

—Ok Atalía, te espero en el laboratorio de computación. Me consigues algo de comer porfa.

—¡Ay, perfecto, mil gracias! Nada más por eso eres mi adoración. Chao.

Los tiempos están difíciles y tuve que regresar a la universidad para ponerme al día con la tecnología. Me va a dejar en bancarrota este viejo bombo, que sigue sacando una versión nueva de programas para computadoras y teléfonos celulares cada año. ¡Caray! Hummm, todo por aquí está muy cambiado, pero la reminiscencia de este lugar me sigue causando aversión. ¿Cómo dejar de pensar en ese maldito instante en que apareció en mi vida? ¿Por qué sigo buscando explicaciones? ¿Por qué vuelvo a pensar en lo mismo? Siempre lo mismo. Es que, yo no me merecía eso. Yo quería quererlo bien. Fue el primero. Qué bruta eres niña. Mi abuela tenía razón: "No le abras las patas a cualquier cabrón, muchacha", me lo advertía constantemente. ¡Con un carajo! Alguien me hubiese advertido sobre ese par. Al tomarme lentamente mi refresco, seguía recordando...

—¡Ay! Mana, esto no nos sale. Nunca vamos a poder terminar este trabajo. Mira, voy a ver si está un maestro que conozco. Perame' manita, ahorita vengo. Sí que lo encontré, dice que en un minuto viene al laboratorio para ayudarnos. Míralo, ese que viene por el pasillo, es él.

—¡Ajá! Qué tal muñeca, ¿cómo va la cosa?

—Mira chaparrito estamos aquí tratando de terminar la tarea, pero no nos salen estas fórmulas en la hoja de cálculo.

—¡Uy! Esto no es nada, ahorita les vengo a resolver esto. Lo que pasa es que deben de respetar el orden de las operaciones. En un minuto cierro la oficina y consigo algo que tomar. ¿Se les ofrece algo de la maquinita de sodas? A usted señorita no tengo el placer de conocerla, pero, ¿le puedo traer un refresco, un cafecito para el frío o alguna otra cosa?

—¡Sí, un hombre! ¡Ay, *just kidding!* Jajaja.

—Hummm... Pues veremos qué se puede hacer, mamita.

Nunca había visto esa mirada de pasmo y hasta un tanto de disgusto en Atalía. Sin embargo, no me contuve solo con mi comentario. Me descubrí disimuladamente el hombro para dejar ver el tirante de mi sostén, esperando que él lo notara al regresar. Todavía tengo grabada en mi mente la escena del laboratorio que ahora está convertido en cuarto para tiliches. Recuerdo perfectamente cómo se veía ese pequeño salón 20 años atrás y recuerdo dónde estaba sentada yo y el ángulo de su mirada sobre mi rostro. Al regresar, el maestro al laboratorio alcé, la vista y lo vi sin ninguna pena. Sus ojos morbosos penetraron en mi mirada en el mismo instante cuando cubrió lentamente mi atrevido hombro desnudo. Tomó su tiempo para sentir mi piel que se erizó al sentir su pulgar, que suavemente se deslizaba por mi hombro derecho. Enseguida su dedo índice iba jalando lentamente mi sudadera. Su meñique me lo encajaba firmemente sobre la paleta de mi espalda como queriendo estrujarme, y sentí cómo se detuvo unos instantes sobre la abrochadura de mi sostén. Claro, me indigné.

Han pasado más de 20 años desde que sentí una gran emoción porque 'me había escogido a mí'. En ese tiempo Atalía todavía estaba casada, así que fingía su alegría cuando le conté que me pidió el número de teléfono. Y él me dio el número de su *beeper* para cualquier cosa que se me ofreciera. Su texto predilecto era 8383 411, que significa: BEBE, pregunta. Y a como diera lugar corría para conseguir un teléfono y llamarlo inmediatamente.

¡Aych! Esta televisión cucha. ¿Quién demonios tiene el control para cambiar de canal? Qué tal con estos *student lounge*. En mis tiempos no teníamos estas comodidades. Mira nada más a ese greñudo, echado en el sofá durmiendo. Qué facha. Hummm... ¿Qué historia mía les podría interesar a estos amarillistas de la tele? También podría contarles sobre mi pseudorelación. Tengo anécdotas para escoger. Podría ser...

¿Cuándo le pedí que me invitara a salir a un lugar *nice* y después de un rato en un *Sports Bar* del centro comercial, me llevó pal' manoseo al garaje de su casa? Ya no tuvo arreglo el conjunto que había comprado especialmente para nuestra primera noche juntos. Me había esmerado en verme guapa. Le dije a mis padres que tenía un evento en Chicago por parte de la universidad y regresaría tarde a casa. Yo esperaba ir a un restaurante lindo en Evanston o en Chicago, pero me conformé con el bar a donde me llevó. Después de una cerveza Dos Equis y una Sprite que se tomó él, me llevó a su casa. Dio muchas vueltas y no pude reconocer el camino. Por un instante me imaginé despertando muy temprano entre las sábanas de su cama, como en las películas. Estacionó su Toyota *pickup* compacta en la entrada. Le pedí que entráramos porque estaba muy frío, pero no quiso y sólo prendió el calentón. Después de un par de moretones en el cuello abrió la puerta del garaje y metió la troquita. Me desabrochó algunos botones y me sacó un pecho por el sostén negro tipo corset que llevaba puesto. La tela transparente de mi *blazer* se me atoró en la palanca de velocidades y al estirar mi brazo para abrazarlo se fue deshilachando poco a poco la delicada tela hasta quedarme casi sin una manga. Insistí en que entráramos a su casa. Después de un escupido ¡Cómo chingas!, me dejó en el estacionamiento del Walmart donde dejé estacionado mi auto. Un tiempo después, trajo una excusa por haberme dejado plantada. Fue dizque porque tuvo que quedarse cuidando a su sobrino, pues su hermana trabajaba el tercer turno en una fábrica de palomitas. Até cabos y concluí que esa noche me había llevado a su casa porque su mujer era la que trabajaba en esa fábrica. Él siempre estaba comiendo palomitas. Mira qué basura. En una Navidad le llevó a Atalía unas palomitas de edición especial en un tubo metálico, y a mí me dio unas palomitas sencillas que vienen empacadas en bolsa de plástico.

Cuando ya estábamos en el desolado estacionamiento de la universidad y caminamos los tres hacia el auto de Atalía. Jamás me había encontrado en un mal tercio, tan mal, como ese. Atalía le había hecho un encargo y ya cuando cerraron la universidad fuimos los tres a dejar las cajas al auto de ella. Pensé que al dejar las cosas él me acompañaría hasta el otro estacionamiento para que no me fuera yo sola a mi auto. Pero después de un par de silencios incómodos, me di cuenta de que no sería así. Tomé la poca dignidad que me quedaba y fui yo la que se retiró y los dejé solos. Lloré de camino a casa escuchando *Algo de mí* del CD de Pepe Aguilar y *No me queda más* de Selena. Al día siguiente le pregunté a Atalía hasta cuándo estuvieron en el estacionamiento. Me aseguró que el chaparrito solo le estaba dando instrucciones de cómo conectar una pieza de la computadora que le había conseguido a muy buen precio. Constantemente vi como él le entregaba paquetes y cajas, pero nunca vi un pago, qué raro, ¿no?

No me explicaba que Atalía se hubiera enojado más que yo, el día en que descubrimos que el maestro era casado y tenía un hijo. La mujer le había llevado un helado gigante de La Michoacana al trabajo, a manera de reconciliación por una pelea del día anterior. Como era su costumbre, Atalía entró a la oficina del maestro sin tocar a la puerta y después de unos minutos salió furiosa de allí aventado unos papeles de un estante junto a la puerta. Le pedí a Atalía que me explicara qué había pasado, ¿quién era esa mujer? Ese méndigo castracho es casado, dijo furiosa, fue lo único que me respondió y se fue de la universidad. Me metí en el baño a llorar. Después de un rato fui a verlo a su oficina.

—Sí, sí, incrédula, vienes a reclamarme. Ve y grítale primero a Atalía que solo finge ser tu amiga para que le ayudes con las tareas y los trabajos que les encargan. Yo seré un imbécil poco hombre, ¿y aquella qué es? Que se ha acostado varias veces conmigo en tus narices y las de su marido. Aquí mismo en las aulas de este plantel. No creas que tú has sido la única. ¡Oh! Y sí sabes cómo te dice verdad, bule, bule.

Efectivamente, en unos meses se me pasó el enojo. Parecía tan sincero cuando me pedía disculpas y en los ratos de descanso iba a buscarme al salón de clase o al laboratorio para verme, aunque sea un ratito, porque me extrañaba. Estaba por divorciarse puesto que ya había conseguido hacerse ciudadano americano. Y era por eso que no valía la pena contármelo. Él me prefirió a mí y Atalía no siguió tomando clases, así que ya no estaría presente. Me lo juró, por esta, que todo sería diferente de ahora en adelante. En el fondo, yo sabía que no sería así, pero necesitaba creerle. Al hacerlo, evitaría ver mi realidad. Que era yo la que le permitía su abuso, y me urgía alejarme de él.

¿Cuándo al estar en su oficina los dos y recibía llamadas por las cuales tenía que transferir y contestar el teléfono en la oficina de al lado? Hasta el día en que dejó el correo en la computadora abierto por salir acelerado y leí el mensaje:

"*Mi principito bello. Te extraño tanto. Perdóname*

por no poder haber ido contigo a la tienda, pero hoy te veo en la noche después del trabajo. T. Q. M. Tu Bebé Boricua ~Rocío".

Maldito AOL, pude haber mandado mil correos de su parte, pero a fin de cuentas no pude por la lentitud del internet. Claro que le reclamé, más la que salió hecha trizas de la oficina fui yo. Bruscamente abrió la puerta y me hechó como un perro del lugar. Amenazó con llamar a la policía del plantel y decir que yo me estaba desnudando delante de él y que apenas si me conocía. Después de un par de meses me llamó.

¿Cuándo después de un año me volví a acostar con él y casi me deja plantada en el motel de quinta? Quería echarle en cara que ya me había graduado, sin embargo, menospreció mi logro.

—En mi país yo tengo un posgrado, si quisiera, podría obtener dos licenciaturas aquí. Pero, ¿para qué? A mí esos diplomitas sólo me sirven para limpiarme el sudor de la frente. ¡Ja!

Mientras trataba de asearme sin tocar nada en el amarilloso baño, él se vistió rápidamente y dio un portazo al salir del cuarto. Hizo que las paredes forradas con madera de imitación, que hedían a roña, temblaran. Sin terminar bien lo que hacía, eché el resto de mi ropa en mi bolso, me puse la chamarra y botas para la nieve y me fui corriendo detrás de él. Yo sé que le caló muy fuerte el hecho de que obtuviera mi licenciatura. Un día no le quedó más remedio que sincerarse y explicarnos que en realidad no era maestro. Trabajaba en la universidad medio tiempo por la tarde y los fines de semana. Solo era un ayudante en el departamento de informática. En la tarde era el único en el departamento y se daba el lujo de hacer lo que quería. Pero hubo más trabajo en el departamento y contrataron a otro asistente llamado Joe. Un día Atalía entró como Pedro por su casa a la oficina y Joe le llamó la atención. El castracho no tuvo más remedio que decirnos la verdad, porque de no ser así, le advertimos que le preguntaríamos a Joe. Al poco tiempo también nos enteramos que ni siquiera había terminado sus estudios debido a que tenía dos trabajos y no tenía tiempo. Constantemente yo le insistía que revalidara las clases que tomó en su país para que se las tomaran en cuenta aquí en los EEUU, pero siempre me cambiaba de tema. Todo era mentira tras mentira con ese méndigo enano.

¿Cuándo me aventó el celular en la cara y me gritó que no me metiera en su vida? Una noche al estarnos besuqueando en su auto, pude ver unos sobres con el nombre de Rocío y el suyo juntos. Me los arrebató de las manos y me gritó, a mí que me importaba si se volvió a casar. Me amenazó y me dijo que en ese momento iría a la estación de policía. Les diría que tomé unos papeles de migración que traía en su auto. Se puso como loco, supuestamente buscándolos. Me jaloneó hacia afuera del auto como nunca lo había hecho y de la rabia me aventó el celular en la cara. Me asusté tanto que al llegar a mi casa fui yo la que llamó a la policía. El oficial casi ni tardó en llegar a mi casa. Al llegar empujó la puerta suavemente y entró hasta la sala. En ese instante me arrepentí de haber llamado, mis padres de seguro se darían cuenta de todo. ¿Cómo les iba a explicar todo este lío? Tomó todos los datos en una libretita que sacó del bolsillo de su camisa. Solo le conté lo que me pareció necesario. Me dijo que, si mi novio no levantaba una acusación formal, no había nada que hacer y me dio su tarjeta por si algo más pasaba. Ya era muy tarde y en casa todos estaban dormidos, afortunadamente mis padres no se dieron cuenta de nada.

Alguna de estas historias les podría interesar a los del programa ese. ¡Jesús misericordioso! Que alguien le cambie de canal para ver algo más digno.

Hummm... Ya no recuerdo el momento en que me amaché y decidí alejarme de él. Y vaya que no vinieron momentos mejores que digamos. Ha de ser castigo divino por lo de las curanderas que fui a ver. Quería estar segura de que me vengaran. Yo no pude hacerlo bien con los consejos que doña Soraya me dio por teléfono. En la taza que el maldito castracho me trajo de sus vacaciones en Puerto Rico, en una noche a la hora de brujas, metí una cebolla con cinco agujas encajadas. Tenía el email que le mandó la tal Rocío, en el papel escribí el nombre del infame con unas gotas de sangre y lo quemé. Junté la cebolla con las cenizas y sellé la taza con cera negra. A la tarde siguiente, fui a una reserva forestal donde hay un lago pantanoso y en la orilla enterré la taza en un hoyo que escarbé en tres palazos. Simboliza los tres metros bajo tierra que él está para mí.

En otra ocasión, con los guantes que me regaló, en una de las dos Navidades en las que me dio un regalo, los quemé mientras murmuraba una maldición y una oración para que Oshun me ayude a olvidarlo. Metí lo que quedaba de la tela quemada en una cajita roja junto con herbajes de olores nefastos y se la envié a donde trabajaba. Me fui hasta una oficina de correos en Chicago para enviarla y no levantar sospechas. Esperaba que cuando él abriera la caja el olor lo hiciera llorar por días, así como yo lo hice.

Quería estar segura de que sufriera y que se le retorcieran las tripas de dolor y no sabía si mis hechizos habían dado resultado. Por eso, imprimí una foto suya que encontré en su Facebook y cuando fui a México visité a mi madrina Lupe, que es la curandera que me hace las limpias. Llevé un par de aretes de oro muy bonitos para que el trabajo saliera bien. Una prenda de oro y $700 pesos por cita, es con lo que uno debe de agradecer su apoyo. Me aseguró que a ese cabrón se le van a regresar todas las que me hizo.

—Te aseguro que a ese pendejo se le va a torcer el pito. ¡Mujer, de mi te acuerdas si no!

—¡Y haga que se le pongan morados los pocos huevos que tiene, madrina, por favor!

No sé para qué fregados fui más tarde a ver a la homeópata. Necesitaba que me diera unos chochitos o algo para mi depresión. Ni sé para qué le conté todo.

—Mija', es que, debes de quererte más. Date tu lugar...

¿Qué jodidos significa eso, dime, qué? Quiero estar bien. Me arreglo y visto bien. Ya lo dejé. Ya no malgasto mi dinero. Tengo muchos planes para el futuro. Ahora sí me doy mi lugar con los hombres. Nadie más me volverá a maltratar. Ahora soy yo, la que juega con ellos. Los demás con los que salí realmente no me importaban. Entonces, ¿qué parte te parece a ti que no es de quererse?

Maythe Ruffino

Poeta y escritora mexicana. Profesora universitaria de la California State University. Egresada de University of California, Los Ángeles donde cursó las Licenciaturas de Ciencias Políticas, Estudios Latinoamericanos y Literatura Hispanoamericana. Recibió su maestría en Literatura Latinoamericana de la California State University, Los Ángeles y actualmente cursa el doctorado en Literatura Latinoamericana en University of California, Santa Bárbara. Además de ser académica e investigadora. Imparte talleres literarios, da conferencias y realiza performances. Durante años ha centralizado su gestión cultural en la escena literaria y en particular la poesía entre los hispanohablantes en California. Es analista política, crítica cultural y literaria, sus colaboraciones aparecen regularmente en el diario La Opinión, Hispanic LA y Latino California entre otros.

CUL DE SAC

A Martha Argerich

Se quebraba de noche. No quiso tomarse el medicamento. De nuevo sintió partirse en dos. La innombrable residía en su cuerpo aterrado. Refugiada en esa casa mínima de piel, friolenta, donde habitaba para evitar infectarse de la plaga. No cerraba los ojos, era la vigía de su muerte, paralizada. La otra que la constituía, Charlotte, indomable e intempestiva, sintió que se levantaba antes de que el despertador sonara. Se veía metiéndose a la ducha con una sensación de fuego, apretaba las piernas, enredándose en el ardor que la abrasaba. En su cabeza se expandía con potencia la Sonata N° 7 de Prokofiev. La pieza con la que Santiago se conmovió, y avergonzado, se excitó al verla tocar en el salón Ahmanson del Skirball. Ella volvía a descubrir sus ojos azules penetrarla, indagarla en el primer cruce de miradas. Junto a los otros embajadores latinoamericanos, Santiago competía por su atención. Charlotte recordó cuando él, arrastrando las palabras en su indudable acento porteño, se acercó transgresor a su cuello, le susurró por detrás, *"Tu interpretación de Prokofiev es ex-quisita, como la perla negra que amasás con tus dedos"*. Y se fue pausado, sin siquiera voltear atrás, con dos copas de vino, a mirar las flores de loto que sorprendían con sus insospechados tonos violetas. Ella olfateó su ras-tro, lo siguió hasta la fuente. Desde ese momento sus olores, sus cuerpos, no dejaron de trenzarse. Charlotte insistió, lo mismo que el agua tibia sobre su desnudez, en dejar caer las imágenes entrecortadas que la arre-metían. Más que limpiarse, se acariciaba los senos, la cintura, el cuello, los muslos, tratando de reconstruir la última vez que él la había bañado. Cómo se sentían sus manos suaves al deslizarse sobre su piel enjabonada y resbaladiza. Charlotte expandía las suyas para abarcar sus nalgas y apretarlas, imitando el gesto desbordado y gimiente de Santiago. Lenta, deslizó su mano derecha hacia su sexo y se abrió a sí misma. Había aprendido a hacerlo así, bajo el agua, con su murmullo mordis-queándole la oreja, guiándola con paciencia, lento, muy lento. Era con el tacto de Santiago que vencía las visiones del abuso que cerraban su cuerpo en un puño de miedo. Le costaba recordar los ritmos, por dónde la abría como una granada dulce derramada en sus labios, en su cuerpo todo.

Se imaginaba perdida en sus carnes sin sentir el tiempo. El sonido de la alarma reventaría el silencio del alba. Saldría corriendo del baño escurriendo una estela de humedad a su paso. Apagaría la alarma que incomo-daba a su esposo. Daniel la miraría de reojo dibujando

una media sonrisa, en la otra mitad de su boca apretada, reflejaría hastío. Se secaría vigorosamente el cuerpo y la melena. Elegiría un pantalón ajustado y negro.
Una blusa con escote que enfatizara el portento de sus
senos y la recuperada esbeltez de su cintura después de
dos hijos. Visualizaba a detalle cada uno de sus movimientos, pausados, calculados. Se vio poniéndose unos
zapatos ordinarios y cómodos. Eligió determinada los
zapatos de taco alto y terciopelo negro. Se vio ponerlos
en su mochila deportiva. También ahí guardó el bolsito
del maquillaje y el perfume que solo usó para Santiago.
Tomó su celular, una botella de agua y las llaves de su
camioneta.

Se hundió en el azul húmedo de los ojos de su hus-
ky, Niccolò. El nombre había sido elegido por Giuseppe, su hijo, por Paganini, ella se lo había regalado por
otras razones. A Charlotte siempre la seguiría, silencioso, mirándola inquisitivo, como cada mañana, antes
del encierro obligado por la pandemia, cuando salía a
bordear el pacífico camino al Conservatorio de Música
de Los Ángeles en Beverly Hills. Niccolò la acompañaba con esa mirada acechante y urgida de los mimos de
ella. La hacía detenerse en seco, en medio de la quietud
de esa casa hermosa que le diseñó Daniel. Llevó al lími-
te su paciencia, pero él, en ese preámbulo del reconocimiento sólo quería gustarle. Charlotte hizo esa casa
muy suya, con todos sus gustos y caprichos en cada detalle que le pidió a su esposo. Era meticulosa, exigen-
te, implacable, con él, con sus hijos, con Niccolò, pero

sobre todo con ella. Charlotte, en esa eruptiva parte suya, sentía en la vastedad de la casa su vida misma, de pronto tan ajena. No pensaba ya en casi nada que no fuera el encuentro de las diez de la mañana con esa parte vibrante, tormentosa de su pasado. Se le figuraba que Daniel y sus hijos, Giuseppe y Matías, Niccolò, habitarían una dimensión de un presente y un futuro al que ella no pertenecía. Y ese perro, su lealtad irreflexiva, la llevaba a pensar en Santiago, que condensaba la más fiel complicidad de sus íntimos deseos. La mirada de Niccolò la enfrentaba a lo que ella había vivido con Santiago hacía años, a que él la confrontara porque lo había traicionado, en una deslealtad coyuntural, estúpida. Pero suficiente para destrozarlos en una dramática separación irreconciliable.

Toda la escena se le reveló ríspida. Charlotte repitiendo a los gritos, aquella tarde, avasallada en el sofá de terciopelo verde donde tantas veces se habían amado, que la perdonara, le suplicaba a Santiago que la escuchara, que lo superarían. Que no había amor sino pudrición en esa entrega inercial con aquel hombre que le llevaba más de treinta años. Lo había hecho por interés, se trataba del gran transgresor Ernest Fleishmann, director de la sinfónica de Los Ángeles, que había declarado en un gesto nietzscheano, que la orquesta había muerto y reencontrado a su musa en Charlotte. El alemán Ernest la quería de amante. Después de tres encuentros ella se asqueó y terminó con él. El viejo se sintió humillado por la argentina y quiso acabar con su

carrera de solista. Pero no podría ni contra su virtuo-
sismo, ni contra el amparo feroz e incondicional de la
intocable Martha Argerich que la protegía como a su
propia hija. El viejo encontró otro modo de vengarse,
arremetió contra su matrimonio, haciéndole una llamada ruin a Santiago. Él, sorprendido, no le creyó nada,
Fleischmann fue preciso como bisturí de cirujano y le
contó detalles indiscutibles. Esa precisión lo destruyó.
Charlotte se recordaba desesperada, repitiendo mil veces que lo había hecho por su instinto autodestructivo.
Porque nunca supo cómo gozar sin ser abusada. Le gri-
taba desolada que jamás tuvo una relación tan dulce, un
compañero y un sentir tan benévolo como el suyo, que
la perdonara.

De nuevo miraba a Santiago salir arrastrando los
pies, con el ultimátum retumbando en cada rincón de
aquel departamento minimalista que habían decorado juntos. El nocturno Opus 48 de Chopin agitaba su
final irrevocable en la figura descompuesta de Santiago. Mientras ella, se tiraba los cabellos al ver cómo se
murmuraba a sí mismo, no la perdones, no la perdones,
esto es el fin, curtiendo cada palabra con sal.

Charlotte sacudió la cabeza, se arrancó las lágrimas
que le sacaban los recuerdos como pesadillas al filo de
su insomnio. Bebió temblorosa unos tragos de agua y
acarició a Niccolò que obediente se colocaba en el sitio cotidiano, bien sentadito y con la mirada tristísima
para despedirla. Ella regresó para hincarse en la alfombra esponjosa y blanca a mimarlo y darle consuelo. Le

lamió las manos frías con gemidos urgidos. Charlotte le prometió que volvería. Le hizo la seña de siempre atravesando con el índice derecho los labios para que no la delatara aullando por su partida.

Se vio subir a su camioneta negra y conducir por la autopista que empezaba a doblegarse al amanecer. Quizás el largo viaje de dos horas la tranquilizaría antes del encuentro. Los recuerdos se le apiñaban. Sobre todo los de sus cuerpos sudorosos, anudados. Le aceleraban la respiración. La cama inmensa cubierta de sedas negras, el epicentro de sus días. La sensación de las pieles expuestas, el devenir del azar en cada tirada en el backgammon, los zapatos de taco alto contrastando su desnudez. Su picardía apostando delicias en cada batalla, envuelta en una sed que apresuraba sus ritmos, comprimida en un furor contradictorio que él seguía con la curiosidad de un adolescente, con la madurez de un viejo amante. Después de Santiago nunca más volvió a jugar backgammon. Ese espacio lúdico quedó intocable. Jugar con él era un rito que le procuraba una dulzura por la que apostaba todo y siempre ganaba, aunque saliera perdiendo. Los castigos eran más dulces que las recompensas. Guardaban el elemento sorpresa y la imaginación insaciable de Santiago.

Pulsó los botones que respondían con música a todo volumen. Se enfadó de escuchar los mismos nocturnos y sonatas de siempre. Torpe, hizo malabares para pedirle a Alexa que le pusiera una de las piezas favoritas que escuchaba cuando quería pensarlo. Tarareaba al ritmo cursi y explosivo del Bolero de Ravel y luego por fin, la maquinita entendió su pronunciación y liberó al *Adagio*. Siempre volvía al *Adagio* de Albinoni en una espiral imparable. Trataba de concentrarse en lo que le diría al verlo. En las sensaciones que le causaban sus manos sobre las venas, sobre su pubis recién afeitado, los dedos en su boca, cada noche, cuando se bañaba, cuando se ensartaba en una esquina del silencio. La derrumbaba que su Santiago, ese ser único que había nacido para su lengua, estuviera condenado a perder la razón, los recuerdos que les daban esa intimidad irrepetible, los ritmos con los que habían transitado juntos el mundo. Quería abrazarlo, olerlo, recorrerlo, que la viera así, de cerca, a solas, sin su esposo y sus hijos, sin su esposa, sin su hija, sin testigos. Quería que la sintiera tan de cerca para que percibiera el olor suave de su sonrisa, de su tristeza. Y descifrara la estructura de su deseo. Intuyendo la grieta que quebraba su mirada, el tremor que le provocaba violar la vida que tenía.

Desde anoche, cuando se enteró del diagnóstico de Alzheimer de Santiago, sintió estar en un precipicio donde no caer sólo la arrojaba al encuentro. Constituyó una fijación agobiante, antes de que su enfermedad borrara su imagen, el contorno de su silueta, sus gestos, quería enterrársele, abrirle sus carnes, alejadas desde mucho ya de la intensidad del placer. Sentir quizás por última vez, acompasado lo negro de su orgasmo como ningún otro cuerpo la acompañó.

Repasó el saludo, las palabras, el beso en la comisura. Se repetía que no lo besaría en la boca, que no se entregaría en el abrazo frontal y definitivo. Que no podía, que no debía. La deslealtad que había tenido con él, le había costado su relación, lo que ahora, a la distancia, veía como su mejor proyecto de vida. Entonces volvía a aferrarse a su esposo, con el que se atrevió a tener dos hijos, a pesar de haberse jurado nunca reproducir a nadie de su especie. Pero ahí estaban sus dos criaturas, Giuseppe y Matías. Los dos guapos y brillantes. Hablaban en perfecto argentino porteño. Giuseppe, era chelista. Matías, había seguido al padre y estaba por graduarse de arquitecto. Los veía amorosos con ella, la protegían, la celaban. No se podía permitir destruirlos. Sin embargo, regresaba excitada a lo implacable del encuentro con Santiago, cada vez con más vigor. Ahora lo besaría más lejos de la comisura y esta vez no lo abrazaría. Eso estaba mejor.

Se prendió la luz amarilla del indicador del combustible. Tenía que parar. Sonó el celular. Era él. Ansioso, preguntaba por la hora en que llegaría. Le platicó de la demora y le preguntó si necesitaba algo. Comida, vino, cualquier cosa. Él solo le pidió un chocolate. Ella de inmediato recordó el juego que tenían de convidarse los deliciosos dulces rellenos de caramelo suave con la boca. Empalagarse el uno del otro, con esa metáfora del éxtasis, como le decía él, coqueto, repasando la oquedad de su boca con su lengua. Charlotte se frotó las manos con un gel antibacterial, se puso su mascarilla, unos guantes, entró a la tienda y no le compró una, sino dos golosinas. Abrió la tapa, metió la manguera recordando cómo Santiago siempre le llenaba el tanque para que ella nunca tuviera que parar en las gasolineras. Se subió al auto, tiró los guantes, se volvió a untar gel, limpió el volante con trapitos llenos de cloro y volvió a retomar la ruta. De la nada, vio desbordarse una tormenta que era una imitación barata de una película de suspenso. Injustificada, sorpresiva, artificial. Llovía a cántaros, arreciaba mientras más se acercaba a su destino. La luna partida por mitad, que la había acompañado sutilmente, se perdía detrás de la tormenta, y su cordura junto con ella. No tenía visibilidad más allá de unos cinco metros, tuvo que pasarse al carril de en medio y reducir su velocidad al máximo. La urgencia de estar alerta, y las oleadas de agua que salpicaban y enceguecían su parabrisas, la obligaron a concentrarse en manejar y evitar tener un accidente. No podía dejar de darle un carácter premonitorio a esa tempestad, insospechada, como los grandes acontecimientos en su vida. La asustaba el mal agüero de ese clima en la cercanía de la casa de Santiago, a quien no sabía cómo iba a encarar. No podía sino verlo como cuando se separaron, cortado por todas partes con cada caricia que Charlotte había recibido de la silueta oscura de aquel director de orquesta. El que le organizó su primer gran concierto debutante en el Hollywood Bowl, cuyo paso por sus vidas resultó devastador.

Y el sol allá atrás, espléndido, el aire tibio, salado, rodeaba la casa que Daniel le regaló en una zona ex-

clusiva de Carpintería, a la orilla del mar. Charlotte se
veía desde lo alto alejarse como un halcón remontando
una ráfaga de viento en busca de su presa. Los miraba
en la rutina mañanera de los jueves. Le parecían construir una historia donde su personaje ya no encajaba.
Unos minutos antes de la salida de la autopista cesó la
tormenta. La voz monótona de la mujer que guiaba su
destino la alertó de cambiar el carril y alistarse para iniciar el recorrido por el barrio de Santiago. Se preparaba Charlotte, con ternura, a transitar su cotidianidad.
Quería poner atención a todo. Recordar la silueta de las
casas, los colores. Adivinar cuáles eran sus restaurantes
favoritos, los almacenes, los cafecitos que visitaba con
su esposa. Seguía nerviosa las indicaciones de la mujer inconmovible del GPS. Temía no dar la vuelta justa,
extraviarse y retrasar más el encuentro. Encino era un
típico vecindario clasemediero, y esa parte carecía de
carácter. Todas las casas se parecían. No había suficiente espacio entre unas y otras para respirar. Muchos restaurantes hechos en serie. Un tráfico intenso y ruidoso
por todos lados.

En el mapa del GPS se veía ella ya, a unas cuatro o
cinco calles, antes del destino final. La ubicación daba
a un *cul de sac*. Había notado en la esquina de una de
las calles principales, un anuncio espectacular del Red
Tie Gentlemen's Club, de gusto exquisito y sumamente
erótico, lo mismo la asqueó que se le antojó más llegar
de prisa. Verlo le recordó la noche extraviada por muchos años en su memoria. Cuando vio a Santiago entrar

de madrugada a casa envuelto en un aura a tabaco, y como siempre jugó al rugby, no fumaba. No quiso tocarla. Se fue directo a la ducha. Después le confesó que se había ido de putas con sus colegas del consulado. Siempre sostuvo que no había tocado otro cuerpo. Le juró, por el nombre de su padre, que sólo había mirado. Que le gustaba mucho mirar a las mujeres abiertas sin pudor, dueñas de su negocio. En el arrebato, herida, humillada por el cuerpo mercancía de una puta remodelada en serie a escalpelo y plástico, se sentía mínima. Obligó a Santiago dos veces a que fueran a ver a la bailarina desnudárseles. A medir su belleza natural con la artificial de la contorsionista. A hurgar si había en la hondura cristalina de sus ojos azules, acaso una chispa de afecto, de ternura, que solo le pertenecía a ella. Santiago nunca la miró como miraba a Charlotte. Cuando ella dudó de nuevo de esa pertenencia única, lo obligó a mirarla desnuda, abierta, solo para él, una vez más. Nunca se conformó, ni se consumió la duda. Sabía que le mentía y que jamás reconocería su infidelidad. Caminaba desacompasada e insomne por todos los cuartos de su departamento. Dormía en el sofá verde, en la tina del baño, en el estudio, sobre la alfombra blanca y esponjosa bajo la sombra negra de su piano Steinway modelo D. Ahí debajo se refugiaba, aferrándose a lo mejor de sí misma. A lo que cautivaba a Santiago y que nunca encontraría en otra mujer, la genialidad prodigiosa, a la virtuosa heredera natural de la Argerich. Tendría cientos de cuerpos refinados a la perfección con el bisturí, pero ningún ser tan torturado, fiero y portentoso como Charlotte. No soportaba la idea de que Santiago hubiera gozado con otro cuerpo, que hubiera besado y lamido otra piel como lo hacía con ella. Pasó meses iracunda, sin comer, sin tocar el piano. Santiago siguió persistente, doblegando sus celos y su ira hasta reconquistarla de nuevo a punta de besos, de mimos, de dulzura. Ella lo perdonó como pudo, asumiendo que él nunca le diría la verdad. Tuvo que conformarse. De a poco volvió a entregársele, a confiarle sus gemidos, sus insomnios. Charlotte no se imaginaba vivir sin su aliento.

Ya más cerca de la casa de Santiago, entrevió la zona restaurantera, los había mexicanos, franceses y distinguió el Davenport's que tenía cortes de carne parecidos a los argentinos que tanto le gustaban. Habían ido un par de veces a celebrar el cumpleaños de él ahí. Aunque ella era casi vegetariana, pidió siempre lo mismo, una ensalada de langosta y una sopa cremosa de almejas al estilo Nueva Orleans. Quiso volver a esa cotidianidad, a su mano juguetona recorriéndola bajo el mantel, a las escapadas después del postre al baño para extinguir su fogosidad. Pensó en invitarlo porque tenían un patio exterior donde podrían almorzar a pesar de las regulaciones por la pandemia. También vio un café de esos que se hacen en serie y que acabó detestándo. Eran de la misma franquicia donde se habían encontrado tantas veces en varias partes de la ciudad para montar la misma escena. Ella rogándole que la perdonara. Él, queriendo solo sexo y muriéndose por volver, pero sin ceder un milímetro. Al final acababan por abandonar sus bebidas sobre la mesa y alejarse hechos piedra. Nada de eso le gustaba, no podía creer que de nuevo, había escogido un barrio tan ruidoso y ajetreado para vivir. Pero no era por eso que le disgustaba, sino en realidad, porque ese barrio tenía recuerdos que eran solo suyos. Y ahora, Santiago los habría borrado, acumulando sonrisas y festejos con su nueva esposa, su hija, su familia. Vivía justo en una zona comercial tan encima de las residencias. Podría, con su puesto diplomático, haber comprado una casa en un mejor sitio. No sabía si era a causa de su tacañería, o su falta de amor por esa psiquiatra insípida, con la que se había conformado después de dejar a Charlotte, lo que lo había hecho preocuparse muy poco por reconstruir un hogar, y castigarse con una vida estoica, sin las turbulencias en las que lo sumía Charlotte, para no tener que desmoronarse de nuevo ante el cuerpo de una mujer.

Se vio pasar por el centro comercial donde debía torcer a la izquierda y entrar al callejón sin salida. Al fondo, a la izquierda también, estaría su casa. Sólo vería su camioneta roja estacionada al frente, ningún vecino tenía una así, esa era una seña inconfundible. Impulsiva, se estacionó frente a una casa con una barda de madera inmensa. Ahí mismo se maquilló sutilmente y se puso lápiz labial de un rojo tímido, más bien amargo. Cambió los pantalones por una minifalda negra. Se sacó los calzoncitos de encaje rojos. Se engarzó los zapatos de taco alto. Intercambió sus anteojos por los lentes de contacto y se acarició el cuello, el vértice de los senos y la entrepierna con el perfume de olor vibrante a cítricos y mar. Echó una mirada por el espejo retrovisor y se tapó la boca como asfixiando un grito quebrado que apaciguó con el olor de su perfume. Encendió su camioneta. Entró por la calle cerrada, era brevísima. Vio de inmediato la camioneta roja y a su costado derecho, el lugar vacío que ocupaba cada día el auto de la psiquiatra. Se preguntó de qué color podría ser. Se estacionó ahí, en el lugar de ella. Tenía las manos heladas, temblorosas y la boca seca. La humedeció con unos tragos de agua. Movía su lengua suavemente por toda la negrura de su silencio. Apagó su celular y lo dejó tirado en el asiento del acompañante junto a su cartera. Tomó solo la bolsita marrón de papel con los chocolates favoritos de Santiago. Dejó el vidrio de la ventana a medio abrir y las llaves de la camioneta encajadas en el volante.

Se dirigió hacia el caminito que daba a la puerta de entrada demarcado por un hermoso jardín florecido. Por el lado derecho, el pasillo, ya cerca de la puerta, estaba decorado con la colección de máscaras que alguna vez animaron su casa de esposos. Las imágenes la arrastraron de golpe a esa intimidad, a esa ternura que ella había destrozado. Un dolor agudo se le encajó en el pecho mientras él abría la puerta, como su sonrisa, de par en par. Charlotte se detuvo a contemplarlo en esa casa, en esa bata de un rojo tímido, más bien anegado, en ese destino fatal que Santiago enfrentaba. Se lo había anunciado por teléfono la noche anterior mientras le preparaba la merienda a la única hija que había tenido con la psiquiatra. Todo a su alrededor le era ajeno y podría haber sido de Charlotte. Pero esa sonrisa, esa mirada, esa atracción, a pesar de las décadas transcurridas y de sus vidas tan aparte, le pertenecían sólo a ella. Y el cuerpo de ella, a pesar de estar comprometido incondicionalmente con Daniel, ya dudaba por quién arremetía.

Reinició la marcha, indómita, cada paso borraba uno a uno los veinte años que estuvieron separados. Santiago, rotundo, como solo lo había sido con ella, abrió sus brazos para contenerla, para abarcarla toda. Bajó su cara para ofrecerle el beso. Ella ni siquiera dudó. Con el rostro húmedo, le besó los labios. Se le entregó en un abrazo frontal. Pasó una eternidad extraviada en su calor, a la vista de todos los vecinos, en el umbral de esa casa ajena. Con unas ganas incontrolables entró, sin despegarse ni un milímetro ya de sus instintos. Su mano izquierda, temblorosa, abandonó, sin darse cuenta, la bolsa de chocolates al vacío.

Charlotte no era de nuevo nada más que ese cuerpo desorbitado en extravío. Turbulento y arrinconado en su desnudez ante Santiago quien la sabía de punta a punta como un responso. Entretejió su mano derecha con la de ella, usó su izquierda para cerrar. Charlotte lo detuvo a mitad del camino, frente a una foto hermosa donde estaba él con su esposa y su hija con el palacio

de Buckingham de trasfondo. Están de viaje, le dijo en
voz baja, y tiró de su mano para que lo siguiera. Traspa-
saron el recibidor, la sala y el estudio, llegaron al salón
del fondo donde se encontraba el hermoso piano negro
sobre una alfombra blanca. Le llamó la atención que
ambos tenían el mismo gusto, la misma disposición
del Steinway modelo D de cola del que emanaban los
olores del maple, del pino, del abedul. Impecable en su
negrura contrastante con una suave alfombra blanca,
enmarcado en una pared entera de cristales tras la cual
resaltaba el azul de la piscina bordeada por un hermoso jardín. Era minimalista y acogedor, idéntica la sala a
la disposición que ella tenía en su casa. La misma que
tuvieron cuando estaban casados. Charlotte enmude-
ció, las lágrimas resbalaban constantes, le conmovía
que ambos habían conservado lo mejor de sus vidas
reproduciendo el salón del piano. Caminó a *llegro, ma
non troppo* en una cuerda sobre el vacío. Se acercaron
al banco. Él le acarició el esbelto y alargado cuello ro-
deándolo con toda la potencia de su mano izquierda.
Ella se sentó. Santiago tomó el control remoto e hizo
sonar su *Adagio,* el de Tomaso Albinoni en un arreglo
solo para cello, el mismo que los había acompañado la
primera noche que se conocieron e hicieron el amor
hasta el hartazgo. Ella, desnuda lo había interpretado
para Santiago. Temblorosa igual que en aquella noche,
se sintió plena de él. Casi todos los días, durante sus
seis y hasta ocho horas de práctica, iniciaba con esos
casi siete minutos que le recordaban su pérdida, su des-

tino. Lo tenía metido en la sangre y lo reproducía con una precisión y pasión única, a ojos cerrados. Charlotte lo tocaba con ese mismo arreglo de Christopher Adkins que le dio a Santiago con la esperanza de que algún día lo volviera a escuchar, de que volviera a ella.

Charlotte cerró los ojos. Empezó a tocar el piano, insegura, como cuando era una niña de once años y tocaba por primera vez en el festival de Lugano, en Suiza para la Argerich. Esperando que reconociera su virtuosa genialidad y la tomara como alumna, y así fue. Santiago, se le acercó por detrás, le desabotonó la blusa mientras ella intentaba concentrarse. Siguió desnudándola. La besaba suavísimo por el cuello, la espalda. Le tomaba los senos erguidos y endurecía sus pezones con la suave humedad de las yemas de sus dedos. Justo al quiebre del *Adagio* donde inicia la parte más nostálgica, Charlotte se derrumbó sobre las teclas en un estruendo. Santiago la contuvo, la recostó sobre la alfombra mientras ella le murmuraba que la perdonara, él, la seguía desnudando. Cuando recorría con su lengua su vientre marcado por unas sutiles estrías que le habían dejado sus dos embarazos, entonces fue Santiago el que se quebró. Siempre había querido tener una hija con Charlotte. Ella no quería por su carrera. Ser una solista le exigía largas horas de práctica, viajes, conciertos, desvelos. Se negó por cuatro años hasta que ocurrieron esos tres encuentros fortuitos con el alemán.

Llenando de sal negra su vientre, Santiago le dijo que hacía mucho la había perdonado. Y cuando quiso buscarla, se enteró, por una nota en el diario, de que acababa de dar a luz a Giuseppe. Creyó que no debía perturbar su vida y se relegó a la diplomacia y más tarde a los negocios internacionales para no volver a Argentina. Quería quedarse a vivir cerca de ella. Había ido a casi todos sus conciertos. La miró crecer desde lejos, anónimo y silencioso. Abrió el compartimento del banquillo y le mostró un álbum de recortes de diario con cada reseña o noticia que daban de ella. En la portada tenía una foto de Charlotte autografiada por el mismo Fred R. Conrad. Estaba imponente, era una llama incontenible devorada por el hocico del Steinway que ocupaba todo el primer plano. Era un narciso negro, sublime, en el centro del Carnegie Hall. Daniel Barenboim la escogió para que cubriera el concierto que había cancelado a último momento la Argerich, ese martes 24 de octubre del 2000, a escasos meses de cuando se habían separado. Santiago abrió el álbum y en la primera página estaba el programa manoseado. Lo miró inquisitiva, el sonrió acongojado, le dijo que había estado ahí en la segunda fila. Donde siempre le gustó sentarse con ella.

Agotados y semidesnudos, con los cuerpos anudados, se quedaron dormidos sobre la alfombra blanca al lado del azabache Steinway.

Inoportuna, sonó la alarma reventando el murmullo que emanaban sus cuerpos. Esa alarma la devolvía a la porosidad de su ser. Y la insertaba en un delirio inalcanzable. En esa espiral donde se había hecho nacer con la humedad de esas ocho letras, Santiago. Ese ocho moebius, infinito, donde los cuerpos transitarían en dirección contraria sin volverse a tocar. Se le atoró el sonido de ese nombre entre los labios quebradizos y mudos. Mientras Daniel le acariciaba la espalda desnuda. Apaga la alarma mi amor, ya es hora de levantarse. ¿Querés que te haga un tecito?

Margarita Saona

Estudió lingüística y literatura en la Pontificia Universidad Católica del Perú. Recibió un doctorado en literatura latinoamericana de Columbia University en la ciudad de Nueva York. Actualmente es jefa del departamento de Estudios Hispánicos e Italianos en la Universidad de Illinois en Chicago. Entre sus intereses están la memoria, la perspectiva cognitiva, la empatía y la representación en la literatura y en las artes. Ha publicado numerosos artículos, dos libros de literatura y crítica, *Novelas familiares: Figuraciones de la nación en la novela latinoamericana contemporánea (Rosario, 2004)* y *Memory Matters in Transitional Perú* (Londres, 2014), dos libros de ficción breve, *Comehoras* (Lima, 2008) y *Objeto perdido* (Lima, 2012), y un poemario, *Corazón de hojalata/Tin Heart* (Chicago, 2017), publicado también en edición peruana, *Corazón de hoja* (Lima, 2018).

NOCHE DE LUNA LLENA

Es difícil decir cuán profundo es el propio sueño, ¿no? Yo sé que tú hubieras jurado que te despertabas con cualquier cosa, que el menor ruido, que el movimiento más ligero te traía de vuelta a la vigilia y provocaba noches en las que no podías hacer nada más que pasear tu mirada por la habitación, adivinando formas entre las sombras. Y, sin embargo, esa noche de luna llena tus deditos se aferraban a la almohada tanto como tú a un sueño que hasta ahora te es imposible recordar. Ni siquiera sabías que esa era una noche de luna y no podías entender qué hacía él allí, sacudiéndote suavemente para sacarte de ese sueño que te negabas a abandonar. Era todo tan extraño que al principio pensaste que era parte del sueño. Papito hablándote de la luna llena y de los duendes, hasta que te dijo que te pusieras una chompa, que si no, con la humedad de Barranco, te iba a dar una pulmonía. Eso sonaba bastante real, bastante a papá, pero también los sueños son realistas a veces, y tu cuerpo quería regresar a ese huequito cálido de la cama, y, ya sentada y dejando que él te ayudara a ponerte los zapatos y la chompa, te escuchaste formular objeciones que nunca se te había ocurrido que formularías: "¿De verdad hay luna llena? ¿Seguro? ¿Y me vas a llevar?" Porque hasta ese instante para ti solo se había tratado de un juego, y aunque hubieras deseado un millón de veces que se hiciera realidad, nunca creíste realmente que pudiera suceder. Él te contaba historias de duendes que hacían grandes fiestas en las noches de luna llena y tú marcabas lunas llenas en tu calendario, aunque en realidad no creías, pero tal vez creías... Y el desafío y la promesa eran parte del juego que tú pensabas que se prolongaría para siempre. Por supuesto, el bicho de la incredulidad te iba creciendo adentro, pero no te impedía jugar; al contrario, hacía que las historias se volvieran cada vez más complejas y más intensas, para así burlar tu propia desconfianza. Te gustaba el juego. Te gustaba que entre los dos armaran ese universo de palabras donde en realidad no había nada. Pero tal vez había. Y una vez que te acabaste de despegar del sueño y te encaminaste hacia el auto con la manito perdida en la suya, siete caballos desbocados cabalgaban en tu corazón. Tal vez había. Si te estaba llevando, era porque había.

Pocas cosas había en el mundo como tener tu mano en la suya, porque era grande y cálida y siempre parecía saber adónde te llevaba. Ahora te llevaba a Barranco, a medianoche, a ver a los duendes celebrar sus fiestas bajo la luna. Con la nariz pegada a la luna del auto, mirabas la ciudad como nunca antes la habías visto, envuelta en la bruma y a oscuras, las luces atenuadas por

la neblina, y era hermosa. Papá te estaba llevando finalmente a Barranco a ver a los duendes en una noche de
luna, entonces tenía que ser cierto y la emoción era aun
más grande que tus ojos. Pero nunca te habías imaginado que te iba a ser tan difícil abandonar el sueño, el frío,
el cansancio y una parte de ti, traidora, añoraba ese
huequito cálido de tu cama, y miraba tu emoción desde lejos con frialdad. Sin embargo, las linternas estaban
listas y mientras papá hablaba de los duendes, tú inten-
tabas imaginar cómo serían y cómo sería la emoción
de verlos y la anticipación se iba imponiendo sobre esa
vocecita soñolienta y regañona que hubiera preferido
no salir de la cama.

   Papá estacionó el auto y tu mano otra vez en la suya
te llenó de certezas. Caminaron por el parque con las
linternas en una noche hermosa, con una luna inmensa
y un arrullo de grillos y la neblina como una caricia hú-
meda y fría. Pero cada paso se alimentaba de expecta-
tiva solo para acabar en decepción: pasto húmedo y algún hongo solitario. Él seguía hablando de los duendes
y los hongos, decía, eran prueba de que habían estado
ahí, pues sobre los hongos se sentaban a disfrutar del
aire de la noche. "Seguramente los espantaron nuestros pasos", decía, "o las luces de nuestras linternas". Y
tú callabas y hubieras querido que él callara también y
no lo mirabas para no delatar tu decepción y la tristeza
y la rabia. Vamos a probar otra vez, decía, con más cuidado, la próxima noche de luna llena. "Sí", te escuchaste decir, "probemos otro día", dijiste con la frustración

atragantada, porque sentiste que él quería creer que tú todavía creías.

De vuelta en el auto, furiosamente en silencio, una parte de ti trataba de consolarse pensando en lo bueno que sería volver al huequito calentito de tu cama, pero otra parte no se podía dejar de preguntar qué era lo que él buscaba. ¿Por qué llevarte así, a encontrar nada, si él tenía que saberlo? Tenía que saber que no había nada que encontrar y mientras él hablaba de la próxima vez, la rabia crecía, porque tú sabías que ya nunca más podrías volver a jugar. Poco más tarde, en el huequito calentito de tu cama, tus ojos enormemente abiertos trataban de adivinar formas entre las sombras. El sueño se había esfumado. Preguntas encendidas como las luciérnagas del desvelo confirmaban tu impresión de que sí, tenías el sueño muy ligero, y en esa noche de luna llena no podrías conciliarlo ya más.

CRÓNICA DE UN DESENCUENTRO ANUNCIADO O EL CUERPO TIENE RAZONES QUE LA PROPIA RAZÓN DESCONOCE

Habían mantenido una relación epistolar durante demasiados años. La última vez que brevemente se encontraron había sido hacía una eternidad. Era cierto que era ella quien escribía las cartas más largas, quien más decía y quien por lo general iniciaba aquellos intercambios. Pero él respondía y cuando tenían ocasión de hablar por los distintos medios que les brindaba la tecnología, su voz transmitía calidez y afecto.

Por eso cuando ella le envió un mensaje anunciando que en un par de meses tendría ocasión de visitar la ciudad que alguna vez había sido de ambos le dio mala espina la respuesta de él: "Me encantaría verte, si es que estoy, pero es posible que tenga que viajar por trabajo". Pájaro de mal agüero el que ve los obstáculos antes que las posibilidades, pensó ella, pero no dijo nada.

Y pasaron los meses y las semanas y cuando faltaban apenas días para que ella volviera a la ciudad que todavía añoraba, él le anunció que tenía mucho trabajo y una reunión importantísima e impostergable y que además a los dos días de su llegada tendría que viajar ... pero añadió que el tiempo se hacía, "el tiempo se hace", dijo, y dijo también que trataría de quedar con ella en cuanto pudiera programar aquella reunión impostergable.

Dos días antes del viaje él la llamó tosiendo. Todavía no conseguía programar la reunión...y sentía que empezaba a enfermarse. Pero que de todos modos la llamaría a su móvil para tratar de quedar.

Ella llegó a la ciudad en una tarde lluviosa, tomó trenes y deambuló por calles y parques buscando encuentros con recuerdos felices sin hallar más que humedad y melancolía. Probablemente estaba en el tren cuando su móvil perdió una llamada. Cuando leyó que la pantalla decía "número retenido" supo que había sido él.

Esa noche la volvió a llamar y le dijo que se sentía muy mal, que no había ido al trabajo, pero que la llamaría al día siguiente y que a lo mejor podrían verse antes de que él partiera.

Esa madrugada ella tuvo un sueño. Estaban ambos en una conferencia, sentados en pequeños escritorios frente a frente formando una especie de cuadrado con otros conferenciantes también en sus propios escritorios. El la miraba con exasperación, irritado, como acusándola de ponerlo en una situación incómoda. Después, la conferencia terminaba y él le entregaba una bolsa con unos horribles collares y aretes de plástico blanco.

Ella no le contó el sueño cuando un par de horas más tarde y tosiendo otra vez la llamó para decirle que tenía que ir a acostarse, a tratar de recuperarse antes de su viaje, que tenía muchas ganas de verla y que sentía que no pudiera ser, que la llamaría si llegaba a pasar por su nueva ciudad, la de ella, aunque, claro, él nunca iba para allá, pero quién sabe...Sí, quién sabe, respondió ella, y deseándole una pronta recuperación, se despidió.

La invadió la tristeza. Durante todos esos meses había guardado la esperanza de volver a mirarlo a los ojos y la sensación era la de despertar de un sueño en el que sentíamos algo tangible y hermoso en las manos sólo para descubrir que no tocábamos nada, que entre nuestros dedos no había más que vacío.

Tuvo que aceptar que desde el principio el desencuentro había sido una profecía buscando realizarse. Tal vez el tiempo pudiera hacerse, pero el corazón y el cuerpo tienen razones que la propia razón desconoce. Una tos bien podía ser la voz de una de ellas.

Fermina Ponce

Comunicadora social, periodista y, Máster en Gerencia de la comunicación organizacional de la Universidad de La Sabana, Colombia. Máster en escritura creativa en español de la Universidad de Salamanca, España. Sus poemarios, *Al desnudo* y *Mar de (L)una* —Editorial Oveja Negra—tuvieron mención de honor a mejor libro de poesía un solo autor ILBA 2018 (International Latino Books Awards) e ILBA 2019 sucesivamente. Su último poemario *Poemas SIN NOMBRE* —de la misma editorial—fue presentado en la FilBo 2019. La poesía de Fermina Ponce aborda temas universales; nos hablan de la naturaleza humana, de sus dualidades, incluyendo las enfermedades mentales. Incursionó en la prosa con dos cuentos publicados por MAGMA editorial, España. A principios de 2020 recibió el nombramiento de Diputada Poeta Laureada de Aurora, Illinois, ciudad en la que reside. Fue nominada por el Consulado Colombiano en Chicago al "Premio Los 22 más" en 2017, en la categoría de cultura, por su contribución cultural en el área de Chicago.

CARLA DE MI PECHO

"Protegedme de la sabiduría que no llora,
de la filosofía que no ríe
y de la grandeza que no se inclina ante los niños".
Khalil Gibran

No habían pasado más de diez horas desde mi llegada a Savannah y ya me sentía agotada. A las once de la mañana yo había llegado a la casa de mi tía Ana. Aún no podía creer que me estuviera esperando en una esquina, con la niña en brazos, después de casi dos años sin vernos. Su amiga Asunción conducía un auto y estaban listas para irse; sin más ni más, como un bulto de vegetales, me entregó a Carla.

—Me voy. Aquí están la niña y las llaves. El perro ya comió. Nos vemos más tarde.

¡Se fue y me dejó a la bebé! Con el afán que llevaba, exorcizaba los demonios de los que constantemente me hablaba por teléfono. Me decía que había espíritus malignos en su casa y que le resoplaban entre el pelo y la nuca quitándole la paz, el sueño; moviéndose a través de las paredes de ese apartamento que parecía todo menos un hogar.

Durante nuestras llamadas, me contaba que cuando Rafael llegaba, el maligno lo perseguía, porque siempre lo traía a cuestas. También me decía que las oraciones eran lo único que le daban paz para protegerse ella y las niñas. Esto me lo repetía con frecuencia, incluso antes de mi viaje a Estados Unidos. Supongo que tanto encierro y la infidelidad del gaznápiro de su marido, Rafael González, la tenían jodida. El tipo llegaba a la madrugada o al otro día más de dos veces por semana. Se justificaba con el trabajo y las reuniones con los jefes.

¡Dios!, Ana estaba como un rejo de flaca. No debía pesar más de 80 libras.

¿Cuántos años hay que tener para gritar con todos los huesos que el dolor duele tanto que ya no salen lágrimas? ¿Qué edad hay que tener para aferrarse a un desconocido como si fuera la última posibilidad de subsistencia, y para dormir sin frío en la mitad de la primavera? La calle se hizo eterna. Éramos Carla y yo. Sus ojos azules estaban tan limpios de mundo, no tenían ruido, sólo los coloreaba un abismo de soledad. Savannah se había convertido en un imperio de hostilidad y desaire, apenas si escuchaban mi respiración, la corta vida de la niña entre mis brazos y los sonidos de la primavera.

Me fui caminando cuesta arriba con la maleta, mi cartera y Carla. Era tan chiquita, había nacido prematura a causa de la mala vida que le dio Rafael a Ana. Cuando Ana cumplió su segundo trimestre, el cabrón le dijo que tenía otra mujer y que no quería nada con ella. A partir de ese momento, su embarazo se fue complicando y tuvo que completarlo en cama, sola y aguantando los insultos de ese hombre, entre ellos, que la fulana era mejor en la cama que ella y más inteligente. El pusilánime se aprovechaba de la situación física de Ana y de que en ese momento no podía ejercer su profesión de médico cirujano.

Al entrar al apartamento, me encontré con un basurero; el perro había mordido el sofá, todo era un desastre: el piso sucio, la nevera vacía, no había ni siquiera leche o pañales para Carla. ¡Qué iba a hacer yo con esta niña! La puse a amamantar en mi seno izquierdo, en el rincón de la cama de Ana. No sé qué me dolía más, si su abandono, mi impotencia o las ganas que tenía de robármela de ese lugar.

—¡Chis! no llores, descansa. No voy a dejar que nadie te haga daño, ni siquiera la desidia de tu madre va a tocarte mientras yo esté aquí. - Se aferró a mi pecho con tanta hambre de compañía, con tanto cansancio de cuatro meses de vida, que mi pezón se le quedó pegado a todo lo que no podía contarme y yo podía entenderle.

Mi abuela paterna, la mamá de Ana, decía que para acabar con las desgracias se necesitaban dos lunas rojas y la leche materna de una mujer madura con hijos; como si la leche se preservara dentro de los pechos secos y se restaurara con los gemidos de una cría que lloraba de desamparo. Me imagino que lo decía por todo lo que le tocó vivir. Alguna vez escuché que, durante la época de la violencia, ella protegió a mi padre y a mis tíos metiéndolos en el entresuelo del piso de madera en la casa de

Caicedonia. Los bandoleros llegaban disparando y ella cubría las ventanas con colchones para amortiguar tantas balas. No hablaba mucho de esa época, quizás porque no le pregunté lo suficiente. Ella se sentaba a tejer mientras contaba las puntadas en números impares, a veces hacía algún comentario y seguía tejiendo, pero nunca se equivocaba en la secuencia de su trabajo. ¡Esas manos! A veces le daba por hablar con frases que parecían sacadas de un diario al que le faltaban páginas.

—Mija, en Caicedonia siempre faltó una luna roja, por eso me tocó ir a sacar a su abuelo de la casa de las fulanas más de una vez. Nunca lo encontré entrepiernado, pero eso sí, todas querían metérsele entre las sábanas. A mí no me faltaron ovarios y llegué a ese lugar más de una vez con la escopeta que él mismo me dejó en el patio interior de la casa.

Como si nada, se le iluminaba la cara con una mueca parecida a una sonrisa. Su tez olivada hacía un contraste precioso con sus canas violeta... Creo que se acordaba de la salida de mi abuelo de ese burdel; asumo que, al verla, saldría como perrito faldero.

¡Cómo me hubiera gustado encontrar a Ana con la mitad de los ovarios de mi abuela Dominga!

La tensión en la casa se podía cortar con un cuchillo, era densa, insana, llena de inmundicia y ponzoña. Cuando Rafael llegaba a la casa, aparecía como si no hubiera roto un plato, amable y hasta considerado. Pero una vez a solas con Ana, no necesitaba subir la voz para hacerla sentir minúscula, invisible, mutilada de alma, simplemente insignificante. Ella no discutía. Ella recibía aterrorizada un golpe, otro y otro, de esos que no producen hematomas pero te matan el brillo de la mirada. Él gozaba llenándole la cabeza con detalles sobre su infidelidad y a veces, el muy ladino, negaba todo y decía que Ana estaba sufriendo de alucinaciones o delirio.

Carla y yo dormíamos en la misma cama y la sembré en mi pecho para que escuchara mi corazón. No sé cómo se sienta el abandono de un padre desde que estás en el vientre de tu madre, pero sé que Carla lo sentía en cada parte de su cuerpo.

Amanecía, Ana se levantaba, se llevaba a Lucía, su otra hija, al jardín e inmediatamente se iba con Asunción a sus reuniones con un sacerdote del Opus Dei. Y anochecía, Carla siempre conmigo, con su mano pegada a uno de mis dedos y descifrando mis palabras con su mirada. Ana llegaba a eso de las seis de la tarde con una cara renovada.

—Ana, ¿cómo te fue?

—¡Estoy tan contenta! Mira, traje agua bendita. El padre Enzio me sacó unos espíritus indeseados. ¿Sabes?, hasta brujería me deben estar haciendo. Eso debe ser la amante de Rafael o de pronto su madre. No podemos decir nada. Hay que echar agua bendita en la habitación y en cada lugar por donde él camina.

—Ana, el peor espíritu que tienes es el miedo a dejar a este hombre. El demonio que te acompaña duerme en la otra habitación y ni siquiera supo cuándo le habías parido a su hija por estar revolcándose con otra.

—Desde la segunda vez que amamanté a Carla me empezó a salir leche, la suficiente para que ella comiera e hiciera siestas plácidamente. Después de tres noches, la voz de mi abuela Dominga me respiró en la mejilla mientras dormía:

—Negra, mañana Savannah tendrá dos lunas rojas y como sus pechos remozaron de la nada, sólo tiene que estar lista para darle una última comida a la niña. Luego debe decir adiós.

No le entendí nada sobre lo de las lunas rojas, pero hice lo que mi abuela me pidió.

Decirle adiós a Ana fue una lucha entre la necesidad, la desesperación y el "no puedo hacer nada si tú no das el primer paso y te dejas ayudar».

En el aeropuerto internacional de Atlanta rumbo a Cartagena, mi impotencia se sacudió e hice lo que tenía que hacer: demandé al Rafael por abuso psicológico, abandono y maltrato verbal. La demanda fue aceptada. Antes de abordar llamé a Ana...

—Hola Ana, estoy a punto de abordar.

—Eugenia, no debiste irte. ¿Ahora qué voy a hacer?

—¿Qué? —no podía creer la pregunta de Ana—. Pues debes defenderte, así como cuando una leona defiende a sus cachorros de las hienas. Escúchame Ana, quiero decirte algo porque seguramente te va a llegar una notificación a la casa; acabo de poner una demanda contra Rafael.

—¡No! ¡No! ¡Qué te pasa Eugenia! Esta es mi vida y no tenías derecho. Tienes que quitar esa demanda.

¡Nunca te lo voy a perdonar! ¡Te odio!

Colgué. Dos años después volví a saber de Ana.

Savannah, GA, agosto 10 de 2017

Querida Eugenia;

Espero que tu regreso a Cartagena haya sido tranquilo.

Quiero contarte que estamos bien; las niñas y yo vivimos solas. Estoy trabajando en el hospital local y ellas están felices en la escuela. Carla ya va a la guardería. Rafael sigue siendo una piedra en el zapato, pero como buena piedra, me paro en ella, me la sacudo y ya, sigo hacia adelante.

Eugenia, imagínate, encontré una carta que mi mamá escribió hace mucho tiempo, tal vez a una de mis hermanas. Por fin entendí lo de las lunas rojas y la leche materna de una mujer madura con hijos y dice así: «(...) hija, sólo la sangre del corazón cuando se multiplica es capaz de quitar el miedo, abrigar el alma y en lunas llenas, borrar el llanto del abandono así no haya leche fresca y los senos de la madurez tengan que volver a dar...».

Besos,
Ana.

Rocío Uchofen

Escritora, poeta y promotora cultural. Estudió lingüística y literatura en la PUCP y estudió un máster en Inglés en CUNY-CSI. En 2019 recibió una micro-residencia en NYPL por The Poetry Society y participó en The Americas Poetry Festival of New York. Finalista del premio FILLT de testimonio (TUFTS University 2020) con la narración testimonial "Bay Ridge" En el 2019 organizó dos antologías: *Intervalos: 12 narradoras peruanas* y *Staten Island mi historia/ Staten Island my story* que reúne a 14 escritores latinos con el tema de Staten Island, ésta última gracias a un incentivo de Staten Island Arts y el Departamento de Asuntos Culturales de la ciudad de Nueva York (DCA).

Ha publicado los poemarios *Liturgias Clandestinas*, *El Oscuro laberinto de los sueños* y *Geometría de la Urbe*. Los libros de cuentos *Odalia y otros sin esquina* y *En algún lugar del laberinto*.

Dirige el webzine Híbrido Literario desde el 2002.

Desde el 2017 tiene un programa cultural de radio llamado Híbrido Literario en Maker Park Radio, Staten Island, Nueva York.

LA TOSTÁ

Sí, grité mucho. Recuerdo que entre otras cosas, les dije a ambos que se largaran de mi casa, que me daban asco los muy traidores, pero no me daba cuenta de la estupidez que decía, en primer lugar esta no era mi casa porque vivíamos con toda la familia extendida de Jonás y yo no pagaba renta, además era mi palabra exaltada contra la palabra de ambos, tan suaves y calmados como si no hubiera sucedido nada, como si hubieran estado rezando en aquel sillón cuando yo llegué. El ambiente olía a ellos, yo ya me lo suponía, no me lo estaba imaginando. Pero eran astutos, sin perder un segundo ellos se habían puesto de acuerdo, bien se podría decir que eran tal para cual, porque mientras Vera intentaba acariciarme el cabello y susurraba que me calme, *"please, please..."* Jonás le pedía a su hermano que le alcanzara un vaso de agua para "mis nervios" y luego todos los que asomaron a la sala tenían esa mirada de hastío contra mí.

"Te imaginas cosas..." Estoy cansada de aquella frase, la han usado a su favor todo el tiempo. Es el boleto que utilizan para dejarme en ese círculo donde se pone

a los que no son iguales, a los tostaos como yo, si quiero usar sus palabras.

A Vera la trajo la hermana soltera de Jonás, las dos dormían en el mismo cuarto, nos dijo que la había corrido su marido que era un borracho. Yo ni la trataba mucho porque no me dio buena espina desde el principio, algo había en ella, mucha bondad, mucha caricia, mucha sonrisita con todos. La hermana me pidió que le diera algo de trabajo, a regañadientes accedí llevarla conmigo, se retrasó y eso que yo le dije que nos despertábamos muy temprano porque sino se va el día. La camioneta llena de mis implementos de limpieza. Yo prefiero trabajar sola, Vera no servía para aquella labor, no sabía limpiar pisos, casi me rompe el jarrón de uno de los clientes, no por limpiar sino por estar curioseando. Me daba miedo que tuviera malas mañas y terminara robándose algo. Yo limpiaba casas de gente en un vecindario elegante, ellos confiaban en mí porque me parecía a ellos, Vera me estorbó más que otra cosa, al final del día me tocó compartir mi paga y eso no me gustó porque yo terminé limpiando todo y con más stress que de costumbre.

A Jonás le gustaba Vera, eso no se podía negar, se la comía con los ojos. Yo ya no era una mujer joven como lo eran ella y su cuerpo, yo ya era una mujer cansada y encima tenía el problema aquel de la enfermedad, las medicinas que me aturdían. Jonás me hubiera dado un puntapié en el trasero de no ser porque aun estábamos con los papeleos de su residencia, porque tengo que reconocerlo, él a mí no se me acercó por mi belleza o mi personalidad, sino porque yo tenía papeles.

Lo de la enfermedad era algo a los que todos apelaban, era mi estorbo, siempre lo ha sido. Todo empezó con cierto episodio en la escuela donde estudiaba, sinceramente no lo recuerdo bien, porque era muy pequeña, dicen que el hombre ingresó y nos tomó a todos los niñitos de pre-kindergarten de rehenes. Como la negociación fracasó, empezó a dispararnos, muchos quedamos heridos, la policía nos salvó, salimos cubiertos de sangre según los recortes de periódicos, a veces me vienen recuerdos en sueños que se vuelven laberintos de miedo, mi madre decía la palabra "trauma" tan a menudo que me sentía extraña cuando no lo hacía. Yo continué creciendo hasta que empezaron ciertos episodios en la adolescencia, que eran los nervios, decían mis padres y los médicos me enviaban a sicólogos, los sicólogos a tratamientos psiquiátricos, luego llegaron las medicinas, a veces me sentía muy bien, otras veces toda mi humanidad pesaba como una piedra y el mundo me oprimía. Me sentía desencajada, como que mi cuerpo era más o era menos que lo que yo sentía dentro, a veces tenía alucinaciones, pero era más por la medicina que por el malestar en sí. Cada tres o cuatro meses tenía que ir a mi cita con el sicólogo, algo que me atosigaba, sentarme frente a él o ella y contarle lo que sentía, lo que había hecho, lo que no había hecho para que me aceptaran continuar en el programa de las medicinas, era realmente tedioso y me desesperaba.

Cuando mis padres murieron, me encontré sola, mis hermanos vendieron la casa y. me dieron una parte que no alcanzaba para nada, me encontré viviendo de arrimada donde los amigos, usé drogas para calmar mi ansiedad, caí dos veces en emergencia psiquiátrica que es como caer en un hoyo oscuro y lleno de ecos, hasta que cierto día salí y volví a recurrir a los pocos amigos que me quedaban. Un día en una fiesta, alguien me presentó a Jonás, era alto y bien parecido, más joven que yo. Me estuvo rondando por meses, yo realmente me sentía abrumada de haber despertado una pasión en alguien como él. Sí, me gustaba mucho. Cuando me llevó a conocer a sus hermanos, me di cuenta de la realidad, alguien por allí dijo, ¿es esa la gringa de la que hablabas? Y yo no soy tonta. Me llaman gringa porque me parezco a mi padre que era de ascendencia irlandesa, pero mi madre era boricua y nos hablaba tanto en español que lo aprendimos a escuchar, lo balbuceo sin poder hilar una conversación, pero lo entiendo perfectamente. Escuché sus comentarios a mis espaldas y me di cuenta de la cruel verdad, Jonás no me quería, sólo necesitaba que yo le diera los papeles. Les seguí la corriente, me hice la tonta, jugué su juego, disfruté su cuerpo y accedí a casarme luego de un buen tiempo de hacerme de rogar porque en realidad no estaba segura, aunque necesitaba apoyo económico, alguien a quién recurrir, una casa donde vivir. Creo que por eso accedí: la desesperación, además de la lujuria de revolcarme con Jonás por las noches.

Sin embargo luego del casamiento, él decidió que no podíamos pagar el arriendo de un departamento, tuvimos que mudarnos con la familia, aquella casa victoriana en las afueras de la ciudad, una vivienda antigua y despintada que crujía a cada paso, un lugar tan lleno de gente: hermanos, sobrinos, parientes, amigos... Nunca había privacidad. Los cuartos eran pequeños y se escuchaba hasta el más leve sonido, se enteraban de todo y la casa siempre estaba oliendo a comida o a cigarrillo. Cuando se empezó a correr la voz de mi enfermedad, los escuchaba cuchichear a mis espaldas, me llamaban "la loca", "la tostá". No me dejaban entrar a ayudarles en la cocina porque tenían miedo de que agarrara los cuchillos, cuando yo llegaba y ellos estaban reunidos, solían desaparecer y dejarme sola con Jonás quien ya no me hacía gran caso, notaba su mala gana al contestarme, sus silencios extraños. Vera llegó como una estocada final.

Yo sabía que se acostaban. No era locura, era intuición. Las miradas entre ambos a la hora del desayuno, el aroma de la piel de Jonás, su cansancio excesivo cuando estábamos solos. Tenía ganas de seguirlo cuando salía al trabajo, pero estaba alzando mi negocio de la limpieza de casas, tenía mis clientes, necesitaba dinero y no quería perder lo poco que ganaba por ir detrás de un hombre que a todas luces no me quería. Vera dijo que había conseguido un trabajo de nanny, se desaparecía casi todo el día y cuando llegaba era casi unos minutos antes que Jonás. Estuve en un tira y aflo-

ja conmigo misma, hasta que me decidí, ella se excu-
só de asistir a nuestra barbacoa por Memorial Day, sus
patrones la necesitaban porque iban a salir y no había
quien cuidara a los niños. Jonás también tenía trabajo
en la construcción, una emergencia, según él. Aquella mañana me hice la dormida, pero bien se fue, me
escapé por la puerta trasera y fui hacia mi camioneta
que había parqueado lejos ese día para que no me oye-
ran arrancar. Ella salió a los pocos minutos, toda arreglada, retocándose el cabello al caminar, la minifalda
mostraba sus piernas esbeltas. Se paró en una esquina
como las prostitutas, yo escondí mi auto entre otros y
observé. Estuvo allí varios minutos hasta que vi a Jonás
acercársele por detrás, vi cómo la abrazó con ese cuerpo musculoso, vi como se besaban y las ansias que em-
pujaban sus cuerpos, luego avanzaron besuqueándose
hasta llegar a la avenida, allí los recogió un taxi, yo los
miraba como si fueran actores de una película, bien les
pude haber pasado mi camioneta vieja por encima. Me
daban asco.

Estuve al acecho del correo por varios días, para
mi suerte la carta de inmigración llegó cuando yo estaba en casa. Finalmente había llegado la cita para que
nos entrevistaran, habíamos esperado más de un año,
si Jonás pasaba esa entrevista, pues ya podría tener su
tarjeta verde. Me llevé el documento y lo destruí. Subí
a mi cuarto, guardé mis trapos en un bolso y me fui
de la casa. Uno de los hermanos me vio y me preguntó
en su inglés machacado si todo estaba bien, le contesté

en español machacado que sí, que dejaba a su hermano Jonás porque era un asqueroso traidor, el hombre me quedó mirando con los ojos muy abiertos y yo aproveché para salir más rápido aún. Estuve viviendo en mi camioneta, nadie se dio cuenta, porque en las calles la gente no se da cuenta de nada. Cuando tuve mi cita con el sicólogo le conté lo que había sucedido, le dije que me fui porque si no los hubiera matado a todos, que me angustiaba no saber si los podía matar a cuchillazos o tendría que agenciarme un revólver. Recuerdo al sicólogo escribiendo en mi historia clínica, escribió tanto que le faltó papel. Me dieron acceso a un refugio de la ciudad hasta que consiguiera algo decente, les tuve que dar las llaves de mi camioneta. La asistenta social que me visita y me mira con esos ojos inmensos, me dice que por mi condición, probablemente consiga un cuarto en algún centro psiquiátrico del estado, allí con medicación, podré vivir una vida decente.

Y si no es así, aun sé la dirección de aquella casa.

Tanya Victoria

Nacida y criada en la Ciudad de México, donde la diversidad étnica y cultural, el caos y la reconciliación se fusionan. Su interés por todo lo relacionado con el surrealismo, lo macabro y fantástico, la lleva a escribir textos extraños, salpicados de horror y humor negro. Después de completar el Diplomado en SOGEM, la Sociedad General de Escritores de México, se mudó a Chicago para enseñar español y teatro a personas de poca edad. Escribe artículos, entrevistas y reseñas para la revista cultural español "Contratiempo", y para la revista digital "El BeiSMan".

Azul

El segundo final

Inevitablemente, al ver tu cuerpo plasmado en lienzo se me abrió un hueco en el pecho. Antes de que vendieran o almacenaran la pintura que hice, vine a recogerla. Afortunadamente sos un inofensivo ramo de rosas.

Mi Vieja

De niña viví en una nube jugando los juegos de niñas, estudiando en escuelas de niñas soñando sueños de niñas. La relación con mi vieja fue, es y será tóxica. Mi vieja es inalcanzable y narcisista, su belleza duele. En el año que nací, mi vieja cumplió cuarenta y ocho años. Vivir dentro de su vientre fue vivir en un corredor frío de paredes que lloran sangre. El infinito trayecto a este mundo fue el primer infierno que conocí. Para nosotras, la ligazón especial de apego no se desarrolló. Mi cuerpo lanugo, mi cabeza lisa y mis ojos cuervos le causaron conflicto. Ella me había soñado con ojos celeste,

como los ojos de mi viejo, el hombre de las mil auras.
Nunca di un paso en falso, siempre prolija. No tuve que
esforzarme para seguir, al pie de la letra el manual de
Carreño. Mi vieja venera al venezolano Manuel Antonio Carreño. En 1953 escribió el manual de la decencia
para que la sociedad decadente aprendiera a compor-
tarse. Aun así, no pude complacer a mi vieja.

Mi viejo

A pesar de todo lo que ha sucedido, para mi viejo yo
siempre seré agua pura. El agua pura sigue siendo agua
pura siempre. En el año que nací, el hombre de las mil
auras cumplió cincuenta y cinco años. Su vida dio un
giro total. Ya no halló tiempo para los ratos que pasaba con mi vieja de la mano. Cuando ella se ponía rece-
losa, él decía, *Mirá mujer, mirá que tengo dos manos.*
Una para cada una. Se esfumaron los planes de viajes
que ambos habían postergado para cuando fueran ju-
bilados. Mi viejo transfirió esos planes a una cuenta
bancaria destinada a mis estudios. Cuando a mi vieja
le daba por llorar, él decía, *Mirá mujer, acordate que*
la nenita será huérfana muy joven. Mi viejo se despidió
de las largas veladas que durante años disfrutó con sus
amigos. Cuando ella le recriminaba, él decía, *Mirá mu-*
jer, el tiempo que estoy con las dos, es tiempo precioso.
Realicé mi sueño de entrar a la UNA. Mi viejo y yo lo
celebramos cenando en el mejor lugar de Puerto Ma-

dero, Crystal Bar, desde donde se ve el río de la Plata. Ingresar a la Universidad Nacional de las Artes y con una beca a largo plazo no es cualquier cosa.

Vos

En el primer día de clases, apareciste causando fervor entre las estudiantes. En mi condición de nenita becada tenía que sobresalir y sacar notas excelentes. Tu condición de maestro extranjero te condenaba a la crítica de los docentes porteños. Hicimos buena pareja. Para mi madre, vos fuiste un pervertidor, un viejo verde. Para las compañeras de la UNA, sos el refachero. Para mi viejo, y para el glosario lunfardo, naciste rancio.

Nosotros

Mi mirada violenta te alborotaba el vigor. Tu mirada de azúcar me volvía mosca, me desubicabas a más no poder. Ni sé en qué momento desperté en tu cama. Durante todos los días del primer semestre y sus 181 tardes, tus labios de uva fermentada me enseñaron a besar. Tus dedos de aguarrás corrosivo me comían el cuerpo. El día que nos fuimos a vivir juntos era lunes. También llovía a mares. Ese mismo día cumplí dieciocho años. Ese día, además, vos cumplías treinta y tres. Mi madre, viéndome de arriba abajo como si yo fuese cualquier mueble, soltó una frasecita, *Si querés reirte, reíte; si querés llorar, llorá. Hacé lo que quieras.* Ese día y por primera vez, vi mojados los ojos cielo de mi adorado viejo. La noche del viernes te fuiste solo. Llegaste en la tarde del domingo con un ramo de rosas. Llegaste desbordado en Fernet. Yo te besé la cara porque no te habías muerto. Así pasamos cientos de domingos. Llegabas en la tarde con rosas, desbordado en Fernet y sin explicaciones elaboradas. El manual de la decencia lo usamos para limpiar pinceles de mango largo y desechos de amor, de los que manchan el colchón.

Carol

Una noche en San Telmo conocimos a Carol. La pelirroja de senos diminutos, decenas de pecas en las mejillas y dos inmensos zafiros rodeados de pestañas. De lunes a viernes laburaba en el hospital Borda. Algunos fines de semana se ganaba unos mangos bailando tango y vendiéndole antigüedades a los turistas. Antigüedades que en realidad eran cosas usadas de los años ochenta, además de cucharas dobladas. Entre Fernet diluido con coca cola, armando cigarros, escuchando una y otra vez "La canción de las bestias", decenas de picos y toqueteos, se decidió que Carol se venía con nosotros. Esa noche fuimos por su valija y se quedó a vivir con los dos. Después descubrí que Carol también estaba llena de pecas en la espalda y las nalgas. Cuando ella iba al hospital, yo vendía sus antigüedades, óleos tuyos y mis acuarelas. Que para mi sorpresa gustaban más. A la Carol que recogiste en San Telmo como a un perro abandonado, cada miércoles y días festivos le propinabas golpizas perdiendo la voluntad. Era la musa exclusiva para las obras que vos procrastinabas y yo ultimaba. Carol se convirtió en la liberación de mi energía reprimida. Legalmente y con la firma de mi viejo, Carol se llevó como suya y para siempre a Marina, la hija de los dos.

El primer final

Estabas hasta las manos por mí. Para no volverte loco de ternura encontraste una salida común, y mientras hacíamos el amor un huracán de sentimientos y emociones se amontonaban en tu boca rosada, y el instinto caníbal te sobrepasaba. En tu vida siempre seré el calor que transforma al agua pura en vapor. Un domingo en la tarde llegaste encabronado, eras pura adrenalina. Ya no laburabas en la UNA. Tu cuenta de banco estaba seca. La plata que ganaba Carol apenas alcanzaba para el alquiler, yo, con siete meses de embarazo. Andabas tirado. Me acerqué a besarte el rostro porque no te moriste y con la mano izquierda me cruzaste la cara tres veces. Carol se te fue encima, saqué algo del cajón y lo clave en tu espalda. Con un balde, Carol te dio uno, dos, tres, para el cuarto golpe te mató.

La obra de arte

Además del acento portugués, vos te diferenciabas de los otros maestros por no usar pintura preparada en pequeños tubos, de esa sintética. En una de las clases nos mostraste cómo prepararla de materias naturales. Primero eliminando grasa del aceite espesado, para después añadir trementina y cera de abeja. Como no encontré cera de abeja, el humor acuoso de tus ojos me dio buen resultado. Tu líquido intraocular no era transparente, era más bien amarillento, producto de tanto Fernet. Con ayuda de tu grasa y mucha caseína, logré la textura aglutinante. Obtener tintes y pigmentos es un proceso complicado. Moliendo remolacha y cinabrio surge rojo. Para hacerlo intenso habrá que agregar gotas de sangre. La tuya dio mejor resultado por estar tibia. Asimismo, maticé los pétalos de diferentes gamas color rojo. Licuando hongo amanita y caléndula surge el amarillo. Para hacerlo vibrante y verdoso, habrá que agregar musgo barba de viejo. Como no encontré el musgo, tu bilis amarilla ofreció lo que buscaba. La mezcla de zarzamoras y cobalto lo hace suave. Para hacerlo índigo, habrá que mezclarlo con planta añil y calentar arándanos. No teníamos arándanos, pero el color de las venas cavas de tu corazón formaron el tinte más codiciado, el Azul.

Willema Wong

Nacida en Cuba en 1978 y adoptada por Estados Unidos en 2013. Se graduó de Historia del Arte en la universidad de La Habana, donde trabajó por once años en el Instituto de Cine, en los Estudios de Animación. Actualmente trabaja como servidora pública para el estado de la Florida. Con su primera novela "La Habana en mi balcón" ganó el IV Concurso Internacional de Novela Contacto Latino, en 2016, y en el ILBA 2017 el Segundo lugar en la categoría Mejor Primer libro – ficción – español y Mención honorable en la categoría Mejor novela – aventura o drama – español.

En las noches, cuando cree que toma un descanso de su trabajo como madre de familia, escribe. Tiene en proceso dos novelas que se niegan a desprenderse de su falda.

Ejercicio de poder

Amanda miraba a través de la ventanilla del bus, la ciudad que había dejado de ser desconocida. Sonrió al poder identificar varios lugares de donde ya tenía recuerdos: La feria de la Coral Way, donde había tenido su primer trabajo, el Rey Pizzas donde tuvo la desagradable sensación de estar en Cuba y se prometió no volver, el CVS donde vio a Enrique por última vez, el Starbucks donde Camilo, dos años atrás, la invitó a un café moca para pedirle que se mudaran juntos.

Buscó en su bolso algún tentempié para calmar sus tripas. Nada. ¿Qué le tendría Camilo de comida? Él se había autoproclamado chef desde el primer día y ella había sentido que le quitaban un peso de encima. Malamente sabía freír huevos y abrir latas de atún.

Había terminado sus clases en la FIU y quería llegar temprano para tomarse un break antes de ir a cumplir con su part-time, a las seis, en el shopping center, a un par de cuadras del townhouse donde todas las reglas estaban puestas por Camilo, y ella no se las cuestionaba, porque todo lo que dijera aquel hombre que le doblaba la edad, y más, estaba bien.

La música de jazz guió sus pasos a la terraza. Besó a Camilo y le presentaron a Diego, un amigo argentino. No podía faltar la aclaración del origen, como si el país de nacimiento fuera parte del apellido. En esta ciudad a veces no eres tu nombre, eres tu lugar de procedencia. Ella a veces no es Amanda, si no la cubana, Camilo, el colombiano, la vecina silenciosa de enfrente, la peruana, la de los perros, la nicaragüense y el profesor de finanzas de la FIU, el venezolano.

Fue a la cocina y devoró la lasaña que le habían dejado en el microwave. Tiró el plato de cartón al cesto y se unió a la conversación en la terraza.

Cuando despidieron a Diego, Camilo la abrazó por detrás, amasando sus pechos con firmeza, la besó en el cuello y le susurró:

—El argentino te estaba mirando con lujuria.

—El argentino, —se volteó, mirándolo a los ojos— me dio este papelito con su dirección y teléfono, cuando fuiste a la cocina a preparar el café.

—No pierde tiempo el pibe. Miami Beach está al otro lado del mundo para ti que no sabes conducir, pero si quieres yo te llevo, no me haría falta ese papel para dejarte en su puerta.

—Estás podrido, no te importa nada, eres un enfermo —Amanda se fue a la habitación enfadada, él la siguió detrás—.

—Acaba de sacar la licencia. Entre tu part-time y mi ayudita te compras un carro para que vayas a donde te de la gana sin contar conmigo. En esta ciudad no se puede confiar en el transporte público. No vives en Nueva York, mi reina.

—¿Con cuánto me vas a ayudar para el carrito?

—Sácate la licencia y ya veremos.

Camilo pegó con un imán el papelito en la puerta de la nevera. Quería retomar esa conversación al día siguiente, cuando se hubieran calmado las aguas. Cuando se le metía una idea entre ceja y ceja no paraba. Su persistencia era más fuerte que la voluntad de Amanda.

—¿Vas a ir? No luce mal el tipo, es joven, tiene más ímpetu que yo. Para ser baterista tiene que tener fuego, vete y prueba.

—Tú no estás viejo, y no necesito a nadie más. Aventurarme con un tipo mientras estoy contigo va en contra de mi naturaleza.

—Tienta tu naturaleza.

—No podría mirarte a la cara si me acuesto con él.

—Libérate de culpas, esto no es una infidelidad, tienes mi total aprobación. Toma, guarda condones en el bolso, cuídanos.

Amanda marcó 305 en su celular e hizo una pausa antes de marcar el resto de los números. No quería llamar, no quería encontrarse con un desconocido y fingir que le había despertado ganas, no quería desnudarse frente a otro que no fuera Camilo. Él la tomó por la barbilla y le dijo sonriente que se metiera una inyección de adrenalina.

Quedaron para el siguiente día a las dos. Según Diego era un horario en el que seguramente no levantaría sospechas, no habría razón para dañar las buenas relaciones. Camilo era un gran tipo, un buen conversador, pero entendía que para ella estaba viejo.

Aparcó en una esquina, dos cuadras antes del apartamento de Diego. Se miraron antes de que ella se bajara del carro. Ella, dudosa, deseando que él le dijera que habían llegado muy lejos, que no se bajara. El, con una sonrisa socarrona que decía en su interior ¿hasta dónde se puede llegar?

—Voy a dar una vuelta por Lincoln Road y Ocean Drive. Cuando termines me llamas. Estoy a tus órdenes, mi reina.

Cuando tiró la puerta del Rav4 sintió que algo dentro de ella se abría, en forma de rotura. Caminó como si fuera al paredón y lo que más la incomodaba era que ella misma se había impuesto la sentencia. ¿Por qué complacerlo estaba por encima de sus propios deseos? ¿Por qué es incapaz de decirle no? ¿Por qué era capaz de ser objetiva y crítica en sus ensayos para la universidad y frente a él sólo obedecía sin cuestionarse?

Dio un giro en medio de la acera. Tomaría el bus y volvería a casa de su madre. Tres pasos y toda esa seguridad se le deshizo. Por un instante pensó que ya estaba allí y la curiosidad también era parte de su naturaleza.

Cuarenta minutos más tarde estaba en la misma esquina donde Camilo la había dejado. Lo llamó y él no tardó en aparecer. Subió al carro y volteó su rostro hacia la ventanilla. Camilo condujo en silencio, entendiendo que le habían marcado distanciamiento. Volvieron a hablarse, sentados a la mesa del restaurant La Fogata.

—Fueron rápidos para ser dos desconocidos. ¿No hubo preámbulos?

—Abrió una botella de vino, puso música jazz, iniciamos una conversación protocolar hueca. Se me acercó, acarició mi rostro y desde el intento de beso ya fue un fracaso. No pasó nada.

—Sabía que se iba a quedar con las ganas —Camilo reía con satisfacción, mientras cortaba su churrasco—.

Amanda no respondió, lo observó, pensando que el mundo estaba podrido por los egos. Cortó su pollo a la tampiqueña y permaneció en silencio el resto de la noche.

Al día siguiente, cuando llegó a FIU y Nicholas De Souza se le acercó una vez más, no le cortó la conversación, como había hecho tantas veces, no buscó justificaciones para alejarlo. Se comunicaban en inglés, aunque él pretendía practicar su español básico, a ratos portuñol. Aceptó tomar un smoothie con él. Le gustó la tranquilidad que trasmitía y su risa limpia. Le gustó que se ofreció a llevarla hasta la puerta de su casa y la animó para que se decidiera a sacar la licencia de conducir, cualquier tarde podrían ir juntos a practicar en su carro, cuantas veces le hiciera falta. La invitó al cine, pero Amanda le dijo que tenía que ir a trabajar a las seis.

Ese sábado, Amanda le dijo a Camilo que pasaría la noche en casa de su madre, estaría de vuelta el domingo sobre las ocho. Lo besó largamente y le dejó colgados los deseos en el gancho de la cocina donde él puso su delantal. Amanda tomó un buñuelo de la meseta y se fue dejando otro beso en el aire.

A dos cuadras, en la esquina del parque, Nicholas la esperaba para pasear por Bayside y luego ver una película en el Dolphin Mall.

www.ingramcontent.com/pod-product-compliance
Lightning Source LLC
Chambersburg PA
CBHW020403030726
47496CB00007B/2282